目次

先付け　江戸《えど》の料理人、現代で吠《ほ》える

東京《とうきょう》、谷中《やなか》——

古い寺と、昔ながらの商店街に囲まれたレトロな町だ。

その片隅にある小さなアパートの一室で、春野咲《はるのさき》は必死に手を動かしていた。

五月の初め。うららかな気候にもかかわらず、汗だくである。

「おい咲、手つきが鈍臭《どんくせ》ぇぞ。もたもたしてっと、いつまでたっても何にもできねぇぜ！」

彼女の右斜め上三十センチのところから喝《かつ》が飛んだ。

左手で卵の白身が入ったボウルを抱え、右手には菜箸《さいばし》。この状態で、彼女は先ほどからボウルの中身を渾身《こんしん》の力でかき回しているのに。

そんな咲は、この春、大学生になったばかりである。

生まれてから十八年、これほど熱心に卵と向き合ったことはなかった。決して怠《なま》けてなどいない。その証拠に、腕はジンジンと痺《しび》れ、熱を持っている。

「あぁ、もう駄目。疲れたー」

咲はとうとう手を止めて嘆いた。

すると、隣にいる青年がボウルを覗き込み、ぐっと表情を引き締める。

「諦めんな！　卵の泡立ては気合と根性だぜ。ちゃんと腰入れて、腕全体を使ってかき混ぜれば、お前《めえ》にもできる！」

「ごめん、無理」

「おいおい……溶いてる途中の卵を放ったらかしにすんのかよ。無駄んなっちまう」

「そんなこと言ったって〜」

どこぞの熱血スポーツキャスターのような口調で叱咤激励《しったげきれい》されたが、もはや限界だった。

中途半端にかき回されてへにょへにょになった卵の白身を、ボウルごと調理台に置く。

身長、百五十四センチ足らず。至って普通体型の彼女が、肩の上で切り揃えたボブヘアを揺らして必死に卵と格闘した結果がこれである。もう、腕も心もクタクタだ。

「……ま、そこまで無理なら仕方ねぇや。休んでくんな」

疲れ切った咲の様子を見て、隣にいる青年はそう言った。そして、ひょいと身体を躍《おど》らせるようにして飛び上がる。

百八十センチはありそうな長身が、文字通り、飛び上がったのだ——天井まで。

「あっ、待って」

そのまま彼が手の届かないところへ行ってしまいそうで、咲は思わず手を伸ばした。

だが伸ばした手は長身をすり抜けて、虚《むな》しく空を切るばかり。

たとえ咲が腕を目一杯伸ばしても、それが彼に触れることは決してない。何せ、相手は『この世のものではない』存在なのだから……

「悪《わり》ぃな、咲。無理言って」

その『この世ならぬもの』は、床から五十センチ以上浮いた状態で、ふっと微笑《ほほえ》んだ。ボウルを放り出した咲を責める様子など微塵《みじん》もない。

ただ、その笑顔は少し儚《はかな》げで、どこか寂しそうな色が混じっている。

本来なら何もないはずの空間を見上げながら、咲は彼の名前をそっと呼んだ。

「惣佑《そうすけ》……」

空中を漂《ただよ》う長身の正体は、紛《まぎ》れもなく『幽霊』である。

名前は、惣佑。苗字はない。

きりりと束ねた総髪《そうはつ》に、紺色《こんいろ》の着物を纏《まと》った彼は、今から百六十年ほど前に料理人として生き、そして不意に命を失ったという。

百六十年前といえば、日本はまだ江戸時代。お城に将軍がいて、みんながみんな着物を着て帯を締め、髷《まげ》を結っていた頃だ。

それから日本は何度か大きな時代の節目を迎えたが、惣佑はその間もずっと幽霊としてこの世を彷徨《さまよ》い続けていたらしい。

そして、実体のなくなった彼の存在に気付く者はいなかった。——咲を除いては。

咲が幽霊の惣佑に出くわした……いや、出会ったのは、四月。

今からひと月ほど前、栃木《とちぎ》から大学進学のために上京して、この谷中のアパートに越してきた日のことだ。

惣佑は正真正銘の『幽霊』であり、咲の住む部屋に『憑《つ》いて』いた。他の人には見えない彼の姿を、咲の目はしっかりと捉《とら》えてしまったのだ。

初めて出会った日、本物の幽霊を見て腰を抜かした咲に向かって、惣佑はふわりと微笑《ほほえ》んで言った。

『——ああようやく、一人じゃなくなったんだな、俺』

それが、始まりだったのだ。

さて、調理台に、卵の白身が入ったボウルが放置されている。

惣佑はそれを黙って見つめていた。このまま放っておけば、いずれ卵は駄目になってしまう。駄目になって捨てられて、土に還《かえ》っていく。

しかし惣佑はどこかへ還ることもできず、この世を彷徨っている。あらゆるものが生まれ出て土へと還る瞬間を、彼は何度一人で見つめてきたのだろう。

生きている時、惣佑は料理人として毎日包丁を握っていたそうだ。

毎日毎日、誰かのために野菜を刻んで魚を捌《さば》いて……それがこれからも続くと信じていた。

だけどそんな日々は、突然途切れてしまったのだ。彼の命の終わりとともに。

惣佑は今、放り出された卵を黙って見つめることしかできない。かき混ぜた時に感じる腕のだるさも、ジンジンと痺《しび》れる感覚も、もう二度と味わうことはない。

彼にはどうすることもできないのだ。実体のない幽霊は、包丁一つ持てないのだから。

「……卵を泡立てればいいんだよね？」

咲は一度軽く息を吐き出して、再びボウルに手を伸ばした。

ボウルの中に入っているのは、卵二つ分の卵白。黄身のほうは別のお皿に取り分けてある。

材料と向き合った彼女を見て、惣佑が俯《うつむ》きがちだった顔を上げた。

「疲れたんじゃねぇのか、咲」

「ちょっと休んだから、もう大丈夫だよ！」

「よし、じゃあ、やるか！」

少し悲しげだった表情が、屈託《くったく》のない笑顔に変わる。その顔を見て、咲は改めて思った。

惣佑はまだ料理がしたいのだ。たとえ、実体を失ってしまっていても。

そんな彼の姿が見えるのは自分だけである。つまり、彼の代わりに料理ができるのは咲しかいない。

惣佑と出会った時、心に決めたのではなかったか。

――惣佑の指南で、料理を作ろう！　腕を上げて、彼の未練を解消し、無事にあの世へ送ってあげよう！

その決意が胸に蘇《よみがえ》り、咲の背筋が再びしゃきっと伸びる。

「泡立てるって、どのくらい？　ふわふわの泡にするってことでいいの？」

菜箸《さいばし》を動かしながら訊《き》くと、惣佑は頷《うなず》いた。

「おう！　しっかりめに立ててくんな」

「ねえ、これって……もしかしてメレンゲ？」

「めれんげ……って何でぇ？」

「今の時代では、卵白を泡立てたものをメレンゲっていうの」

惣佑と出会ってから、何度か彼の指南でキッチンに立ったものの、はっきり言って咲は料理に関してはまるで素人《しろうと》である。上京するまで日々の食事は母親に任せきりにしてきたので、包丁などろくに握ったことがなかった。

だから普段は一から十まで惣佑の教えに従っているが、ごくごくたまに立場が逆転することがある。

江戸時代の日本にはなかった食材や料理法が、現代では普通に出回っている。特に明治時代以降に日本に入ってきた西洋の料理は、惣佑にとって未知の存在らしく、咲が説明することが多い。

「ほー。『めれんげ』ったあ、なかなか洒落《しゃれ》た名前じゃねぇか。咲は卵白の泡立て、初めてかい？」

「昔お母さんとケーキ……お菓子を作る時にやったことあるよ。まさかこれからお菓子を作るの？」

「いや、菓子じゃねぇ。菜《さい》……飯のおかずだ。さっき出汁《だし》を引いただろ。それと泡立てた卵を組み合わせるんだ」

彼の言う通り、傍《かたわ》らのガスコンロには出汁が入った土鍋がある。卵を割る前に、昆布と鰹節《かつおぶし》を使って引いたものだ。

惣佑が指南するのはもちろん、彼が生きていた江戸時代の料理である。

昔から受け継がれる日本料理に欠かせないのは、何と言っても出汁だ。咲が一番に習ったのは出汁の取り方だった。

今はインスタントの顆粒の出汁《だし》が出回っているが、一からやっても思っていたほど難しいことはない。

どんな料理にも合うと言って教えられたのは、昆布と鰹節《かつおぶし》を使った合わせ出汁の取り方だ。

まず鍋にたっぷりと水を張り、そこに表面を軽く拭いた十センチくらいの長さの昆布を入れる。そのまま鍋を火に掛け、沸騰《ふっとう》してしばらくしたら昆布を取り出して、今度は鰹節をわさわさっと投入する。

アクを取りながら数分煮立たせ、火を止めて鰹節が沈んだら、もういい出汁が取れている。鍋の中身を布巾《ふきん》で漉《こ》しつつ別の容器に移せば、完成だ。

二種類入れるのが面倒だったら昆布か鰹節のどちらかだけでも構わないし、何ならざるに鰹節を乗せて上から熱湯を注ぐだけでもいい。

『いい出汁さえありゃ、味付けは最低限でも美味《うめ》ぇ料理ができるんだぜ』

惣佑は咲に、そう教えてくれた。

「咲、お前上手《めえうめ》ぇこと出汁が引けるようになったじゃねぇか。最初は手つきが危なっかしかったが、これなら問題なしだ」

土鍋の中を覗いた惣佑が力強い口調で言う。

その隣で、咲は「う、うん……」と曖昧《あいまい》に頷《うなず》いた。

確かに、最近はいちいち手順を聞かなくても出汁が取れるようになった。だが問題は、手元にあるメレンゲだ。

(出汁と組み合わせるなんて、一体どんな料理なんだろう。っていうか、美味《おい》しいのかな……?)

メレンゲというと、咲にはどうしてもお菓子のイメージが付きまとう。

料理の完成図がさっぱり頭に浮かばず、惣佑が何をしようとしているのか一向に見えてこない。

「悪《わり》ぃな、咲。俺に付き合わせて、こんなわけの分かんねぇもん作らせて……」

横で溜息交じりに言われ、咲は慌てて口角を引き上げた。不安な気持ちが顔に出てしまっていたようだ。

「えっ、い、いや、そんなことないよ!」

「俺に無理に付き合うこたぁねえんだぜ。一度っきりの人生だ。どうせなら好きなもんを食ったほうがいい」

惣佑が彼女の顔を覗き込み、微笑《ほほえ》んだ。笑っているはずなのに、何とも言えない寂しそうな表情をしている。

「惣佑……」

咲は何だか心臓をギュッと掴まれたような気がした。ぐぐっと感情がせり上がってきて、鼻と目の奥を切なく刺激する。

人生が一度きりしかないのは惣佑も同じだ。その彼の人生は、半ばで閉ざされた。

いわば咲は、彼の志《こころざし》を引き継いでいるつもりなのだ。

それでも、もし彼女が「料理なんてしたくない」と言えば、惣佑は笑って許すだろう。恨んで祟《たた》ったりすることなど決してない。

彼はただ、寂しそうに佇《たたず》むのだ。

江戸時代に命を落としてから、もう百六十年も、たった一人でそうしてきたように……

「心配しないで。私も料理したいから、惣佑に付き合ってるの！　この際、ちゃんとしたやり方を覚えたいものね。ああでも、道具は好きなのを使わせて」

込み上げてくる衝動が目から溢れないうちに、咲は身体を動かすことにした。手始めに、調理台についている抽斗《ひきだし》からあるものを取り出し、流しで軽く洗う。

「おっ、何でぇ、その珍妙な棒は」

惣佑は咲の手元を凝視して、首を傾《かし》げた。

「泡立て器だよ。お箸《はし》でかき混ぜるより、効率がいいと思う」

一人暮らしの割に、咲のキッチンには調理道具がそれなりに揃っている。彼女の母が、上京する娘のためにあれこれ買ってくれたのだ。

ほとんど料理の経験がなかった咲は、それらの道具を使いこなせるか心配していたが、幽霊の料理人と同居したことで宝の持ち腐れにならずに済んだ。

「けったいな形してんなぁ。西洋の道具か？」

細い針金が組み合わさってできている泡立て器を、惣佑がしげしげと見つめる。興味津々《しんしん》といった様子だ。

「……多分そうだと思うけど、やっぱり江戸時代にはなかったの？」

「そんな妙な形の黒金《くろがね》の棒、見たことねぇな。なるほど、こりゃかき混ぜに特化した道具かい。確かに要領がよさそうだ」

「じゃあ、泡立てるね」

惣佑が見やすいように少しボウルを傾け、咲は泡立て器を動かし始めた。

さすが文明の利器。菜箸《さいばし》ではたいして変化がなかったボウルの中身が、みるみる泡立っていく。

そのまま十分くらいかき混ぜていると、惣佑がうん、と大きく頷《うなず》いた。

「それくらいでいい。今度は取り分けておいた黄身をよぉく溶いて、泡立てた白身と混ぜねぇ。それからさっき引いた出汁《だし》を温めて、酒と醤油《しょうゆ》と味醂《みりん》を足すんだ」

「分かった」

彼に言われた通り、まずメレンゲと黄身を混ぜ合わせると、真っ白だったボウルの中がほんのり黄色くなった。調味料を加えた出汁《だし》は、土鍋の中で沸騰《ふっとう》して美味《おい》しそうな匂いとともに湯気《ゆげ》を立て始める。

土鍋の具合を真剣に見ていた惣佑が、そこで指示を飛ばした。

「今だ、咲。出汁に卵を一気に流し込め！」

「了解！」

「いいぞ。鍋の蓋《ふた》を閉じて、火を弱めるんだ」

「はい！」

ガスコンロの上で、土鍋がコトコトと音を立てている。蓋を閉じているので中の様子は全く分からない。

「よしよし。多分、そこそこ上手くいってると思うぜ。今のうちに漬物を切って、飯を盛っておきねぇ」

惣佑はガスコンロから離れて別のほうを指さした。

そこに置かれているのは炊飯器だ。料理を始める前にセットしておいたので、すっかり炊き上がっている。

惣佑に初めてこの炊飯器を使って見せた時のことを、咲は思い出した。

この世を漂《ただよ》っている間に、形自体は目にしていたようだが、実際に使用されているのを観察するのは初めてだったらしい。ボタン操作一つでご飯がふっくら炊き上がる様《さま》に、彼はたいそう驚いた。咲を『忍術使い』と呼んだほどだ。

そして惣佑から江戸時代のご飯の炊き方を聞いて、その面倒くささに今度は咲が驚いた。

昔は薪《まき》がなければ一杯のご飯も食べられず、火加減を調節するのも一苦労だったようだ。

炊飯器が発明されたことで、一体何人の料理人が重労働から解放されたのだろう……

「えーっと、ご飯の前に漬物だよね」

咲は炊飯器を横目に見つつ、冷蔵庫からプラスチック容器を取り出す。

中に入っているのは茄子《なす》の漬物。買ってきたものではなく、昨日の晩、惣佑に習って彼女が自分で漬けたものだ。

作り方は簡単で、まず洗って一口大に切った茄子を容器に入れる。そこに酢と出汁を加え、塩を少々入れて、あとはよく和《あ》えるだけ。そのまま十五分くらい置くと、美味しい浅漬けになる。

昨日の夕食の時もこの茄子の浅漬けを味わった。『シャッキリ』と『しっとり』が混ざった、そのみずみずしい歯ごたえを思い出し、彼女は残っている茄子をすべて器に盛る。

一晩置いた茄子《なす》は何だか色が濃くなっており、水気を吸ってしんなりとしていた。惣佑の話では、より味が染みて昨日とは一味違うとのことだ。

漬物を用意したあと、今度はご飯を二つの茶碗に盛り、箸《はし》も二膳用意して、咲はワンルームの部屋の真ん中にある折り畳み式の卓袱台《ちゃぶだい》に運んだ。

彼女はいつもこうやって料理を二人分盛り付けることにしている。一つは自分の分、もう一つはもちろん、惣佑の分だ。

幽霊である惣佑は、ものに触れることができない。

触ろうとしても手がするりと物体をすり抜けてしまう。匂いや温度も、まるで感じないという。当然、食べ物を口にすることなどできない。

だが、ちゃんとそこにいる。

だから、咲は彼の分も用意する。

一人分を二人で分けるのでそれぞれの皿に乗っている量は少ない。しかしそうやって小さな卓袱台に二人分の食器と箸を並べると、惣佑はいつも微《かす》かに照れたような、はにかんだような表情を浮かべるのだ。

口には出さないが、喜んでくれているのだろう。咲にとっては、それが何よりも嬉しい。

「土鍋は、もう火から下ろしていい？」

ご飯茶碗と漬物の皿と箸を並べてから訊《き》くと、惣佑は頷《うなず》いた。

「ああ。火を止めたら土鍋ごと卓に持ってきねぇ。取り皿と匙《さじ》もいるな」

「はーい……って、なんかお鍋やるみたいだね」

キルトでできた鍋敷きの上に土鍋を置くと、何だか気分がほっこりしてきた。咲の実家でも冬になるとこんなふうに鍋が用意され、みんなでつつきあったものだ。

実家の大きな食卓とはまるで違う、小さな卓袱台に置かれた小ぶりな土鍋。

しっかり閉じられた蓋《ふた》の隙間からは湯気《ゆげ》が溢れ、煮詰めた出汁《だし》の香ばしい匂いが部屋中に広がっている。

「咲、蓋を取ってみな。……火傷《やけど》すんなよ」

惣佑に言われ、咲は蓋の取っ手を鍋掴みで挟み慎重に持ち上げた。

「わぁ……！」

鍋の中には、夢のような光景が広がっていた。

少しきつね色に染まったふわふわの泡が、鍋の縁《ふち》から溢れんばかりに盛り上がっている。

（とっても、美味《おい》しそう！）

立ち昇る湯気から香ばしい醤油《しょうゆ》の匂いや爽《さわ》やかな酒の香りが漂《ただよ》ってきて、咲は思わずゴクリと唾を呑んだ。

「どうだ。これが『たまごふわふわ』でぃ」

鍋の中に釘付けの彼女を見て、惣佑が満足そうに言う。

「たまごふわふわ……！　なんか、可愛い名前だね」

「匙《さじ》で卵を掬《すく》って、飯と一緒に食べてみな。美味《うめ》えぞ」

「うん。いただきまーす！」

土鍋の前で手を合わせてから、咲はスプーンを差し込んでみる。

ふわふわの泡なので全く手ごたえがない。

掬っているのに何もしていないような不思議な感触を楽しみながら、鍋と茶碗を何度か往復してご飯の上に卵の泡を乗せる。

咲が使っているのは、お気に入りの猫の絵が入った茶碗だ。そこにふぅふぅと息を吹き掛けて少し冷まし、最初は泡だけを口に入れる。

「…………っ！」

途端に、ふわふわが舌の上でスッととろけた。

泡の粒一つ一つが弾《はじ》け、ほんのり甘辛く味付けた出汁《だし》と一緒に、口の中一杯にじゅわーっと広がっていく。

歯ごたえのない泡なのに、美味《おい》しいものを味わっているという実感が身体を駆け巡った。口の中で消えた泡は味蕾《みらい》を優しく刺激して、全身に染み込んでいく。

ご飯と一緒に味わうと、また格別だった。

きめ細《こま》かい泡がご飯を一粒一粒包んでほんのりと味付けし、いくらでも食べられそうな気がする。

ふわふわと柔らかく不思議な食感を楽しんだあと、今度は茄子《なす》の漬物に箸《はし》を伸ばした。

スプーンを入れるとすぐにとろける泡と違って、こちらはしっかりと掴める。一口大に切った茄子を口に放り込むと、少ししんなりしていて、出汁と酢の味が中まで染みていた。噛むたびに、ゆっくりと旨味《うまみ》が滲《にじ》み出てくる。

夕べも同じ漬物を食べ、その時は茄子のシャキシャキした感触を楽しんだが、今日は全く味が違う。

卵と漬物、そして白いご飯。

たったこれだけなのに、咲の心の中はフルコースを食べた時のように満たされていた。

ふわふわ、じんわり。初めて食べた料理のはずが、なぜかちょっと懐かしい。

「美味しい……すごく」

ふにゃふにゃと身体ごととろけそうになりながら、呟《つぶや》く。

「美味ぇか。そうか。……ならよかった」

惣佑はそう言って、咲を優しく見つめる。目が合うと、さらに柔らかく微笑《ほほえ》んだ。

——初めて惣佑と出会った日。

彼は「料理をすることが生き甲斐《がい》だった」と語った。自分が作った料理を誰かに食べてもらって、笑ってほしい、と。

こうして一緒にキッチンに立ってみると、彼がいかに料理を愛しているかがよく伝わってくる。

惣佑の代わりに包丁を握り、指南通りに料理を作って、それを美味《おい》しく食べる。

ただそれだけのことで、彼の顔はふわりと綻《ほころ》ぶのだ。

……まるで、花が開くように。

「咲」

不意に惣佑が手を伸ばしてきた。それが、咲の頬のあたりで止まる。

実体がないから何の感触もないはずなのに、なぜか手がある場所が温かくてくすぐったかった。

「咲……お前」

惣佑の顔が、グッと近づいてくる。おでことおでこが付きそうなくらいの距離だ。

もちろん相手は幽霊で、実際は触れることなどないのだが、ここまで近いと否応《いやおう》なしに鼓動が速まる。

「え、なっ、何⁉」

慌てる彼女にかまわず、彼はしばらく咲の顔をまっすぐ見つめた。そして、ニヤリと口角を引き上げ、笑みを浮かべる。

「お前、最近頬っぺたがふくふくしてきたな。まるで大福みてぇだ」

「だ……大福⁉」

咲は思わず自分の頬に手を当てた。

――ふに。ふにふに。ふに。

（嘘！　なんか、丸くて柔らかい！）

惣佑に会ってから一か月。彼の言うまま料理を作り、美味しく完食してきた。しかも、どの料理もご飯にとてもよく合うので、気付けば一杯、二杯とお代わりをしていて……

「痩《や》せなきゃ……」

呆然としながら呟《つぶや》く咲に、惣佑がからからと笑った。

「そんな必要ねぇよ。もっと丸っこいほうがいいくらいだぜ。俺ぁそのほうが好――」

「ううん、痩せるから！」

こうなったら毎日アパートのまわりを走って、腹筋を百回して、フィットネスジムのCMばりのビフォーアフターを展開してやる！

でも……

「ダイエットは明日からね！」

いろいろなことを横にうっちゃって、咲はふわふわの泡にえいっとスプーンを差し入れた。何があろうとも、目の前の料理に罪はないのだ。

「美味《おい》しい～」

「ははっ、そうだろ？　どんどん食いねぇ。漬物、まだ残ってんぞ」

はふはふ言いながらご飯をほおばる咲を見て、惣佑はまるできらきら輝くお日様みたいな笑みを浮かべたのだった。

一品目　口を閉ざす子供のための祝い膳

1

『咲ちゃん、谷中っていう場所知ってる？　とってもいい町なんだけどさ、よかったら大学に通ってる間、そこに住んでみない？』

咲が谷中に住むことになったのは、母の弟――つまり叔父のこの言葉が切っ掛けだった。

叔父・保彦《やすひこ》と咲の母は年が少し離れていて、年齢的には叔父さんというよりお兄さんと呼ぶほうがしっくりくる。その保彦は気さくな性格で、咲にとっては親戚の中でも親しみやすい存在だ。

咲の実家は栃木だが、叔父の住まいは東京である。そこで小さな不動産屋を営《いとな》む保彦が、咲の上京を知ってすぐさま電話を掛けてきて、物件を紹介したいと言い出したのだ。

『谷中なら上野《うえの》まで歩いて行けちゃうから交通の便もいいし、観光客に大人気の町なんだよ。地下鉄の駅も使えるし、咲ちゃんの大学まで電車一本で行ける。可愛い姪《めい》っ子《こ》のためだし、この際、敷金礼金はゼロにしよう！　なんなら家賃も半額でいいよ！』

電話口で、叔父は大いに谷中の魅力をアピールし、金銭的なメリットまでちらつかせた。そして電話を切ると、すぐさま物件の写真をメールで送ってよこす。

駅から歩いて八分。築二十年だがリノベーション済み。二階建てアパートの一階角部屋。七畳の洋室に大きめのクローゼット、キッチンスペースがついて、風呂トイレ別。

この条件で、叔父が提示してきた家賃は、四万円と少しだった。他の物件とは比べ物にならないほどの破格である。

身内の紹介というのも相まって、咲と咲の両親は一も二もなく提案を受け入れ、実際に物件を見学することなく入居を決めてしまった。

この時、咲たちは『肝心なこと』を忘れていたのだ。

叔父の保彦はそもそも、そんなにサービス精神に溢れる人物ではない。どちらかといえばお金にがめつく、人に道を尋ねられてもただでは教えないようなタイプだ。

ついでに元来の怠《なま》け者《もの》でもある。仕事をサボりがちで、自分から営業の電話を掛けてくる熱心さなどカケラも持ち合わせてはいない。

その叔父がまめまめしく物件紹介にいそしみ、しかも大盤振る舞いをしている時点で、疑ってみるべきだった。

あるいは、一度でいいから現地を見にいけばよかったのかもしれない。

……そうすれば、その物件に先住者がいることに気付けたのだ。

しかし何をどう嘆いても、もうあとの祭りでしかない。

こうして咲は、あれよあれよという間に谷中のアパートに住むことになった。

実際に引っ越しをしたのは、四月の初めのことだ。

当日はよく晴れていた。咲は上京したその足で、上野にある叔父の不動産屋にアパートの鍵を取りにいく。

叔父は不在だったが、名前を告げると代わりに受付にいたバイトのお姉さんが「電気と水道とガスは、もう使えますので……」と鍵を差し出してくれた。

思えばこのお姉さんもやたらと咲の顔色を窺《うかが》っていたような気がする。何か事情を知っていたに違いない。

しかし、初めての一人暮らしを前に浮かれていた咲は、さしたる疑問も持たず、お礼を言って不動産屋をあとにした。

少し急いでいて、余計な話をする暇がなかったせいもある。アパートに引っ越しの荷物が届く前に鍵を開けて、何もない部屋を眺めておきたいと考えていたのだ。

「……わぁ！」

アパートにつくと、咲は人目もはばからず声を上げた。

谷中でも大きな通りの一つである三崎坂《さんさきざか》という坂道から一本入った細い路地に、それは建っている。

小ぢんまりとしているが陽当たりはよく、白い外観が光に映《は》えていた。

叔父が送ってきた写真でしか見たことがなかったが、実際の建物は写真より数倍、住み心地がよさそうだ。

築二十年ほどらしいが、補修してあるのか、そんなに経っているとは思えないくらい綺麗で新しく見える。

アパートは二階建てで、部屋の数は十室。咲の部屋は一階の一番奥だ。

共用通路を進み、一〇五というプレートのある部屋の前に立つ。一つ深呼吸して、手にした鍵を鍵穴に差し込んで回し、ゆっくりとドアを開けた。

(今日からここが、私の住む部屋だ！)

玄関に立ってみて、まず目に飛び込んできたのは、窓から差してくる柔らかな光。

その光の真ん中に、いたのだ。

空中に浮いたままこちらを見つめる、長身の青年が――

「……えっ？」

咲は一度ドアの外に出て、もう一度部屋に入り直した。

何かの見間違いかと思って、パチパチと瞬《まばた》きをしてみる。……が、目の前の光景は何一つ変わらなかった。

異常事態だと気付いたのは、数秒過ぎてからだ。

「えっ、えええぇーっ！　だ、誰ですか⁉」

ふよふよと空を漂《ただよ》う異様なものを指さしたまま、咲はその場に固まってしまった。

するとその浮遊物は、こともあろうに咲の手前まで飛んできたのだ。無重力空間にいる宇宙飛行士のように、すいーっと……

「お前《めぇ》、俺の姿が見えてんのか？」

「は……はい？」

「俺のことが分かるんだな！　そうか、分かるか！　声も、聞こえてるな？」

「は、はぁ」

「俺の名は惣佑。年は、数えで二十五……だった」

「数え……？　だった……？」

「ああ。俺、その年で死んじまったんだ。それからずっとここにいる。……いわゆる『幽霊』ってやつだな。ははっ！」

「……は？」

目の前のそれ、は、一応人の形をしている。

空中に浮いているため正確なところは分からないが、身長百五十四センチの咲より頭一つ分は背が高そうだ。もしかして百八十センチ近くあるかもしれない。

身につけているのは着物だが、普通の着方ではなかった。

地味な紺色《こんいろ》の着物を腰のあたりでまくり上げるようにしてからげ、その下に足首まである黒いスパッツに似たもの——股引《またび》きというのだろうか——を穿《は》いている。

さらに黒々とした総髪《そうはつ》を頭の上できゅっと結い上げていた。

そんな格好で、彼はふわんふわんと自由気ままに空中を漂《ただよ》っている。よく見ると、裸足《はだし》の足先がうっすらと透《す》けていて……

「いっ……」

いやあぁぁぁぁ！　と叫ぼうとしたのに、咲の喉からはヒューヒューと掠《かす》れた音が漏れるだけだった。

声を出して助けを呼ぼうとしている自分と、『驚きすぎて声が出ないなんてことが本当にあるんだなぁ』などと冷静に分析する自分が、同時に存在している。

目の前のことが信じられず、頭の中が分裂しそうだ。

そんな咲の背中に、冷たく固いものが当たっていた。自分で閉めたばかりの玄関ドアだ。今すぐそれを開けて外に逃げたかったが、足が竦《すく》んで動けない。

「いやぁ、参ったぜ。何だか知らねぇうちに幽霊になっちまうし、そうこうしてる間にこんなけったいな長屋が建って閉じ込められちまうしよぉ。しかも今までここに入ってきた奴ら、誰一人俺のことに気が付かねぇんだぜ？　お前《めえ》が来てくれて助かった。これで退屈しなくなるってもんよ！」

すっかり腰が抜けて玄関に座り込んだ咲の横で、長身の幽霊はふよふよ飛びつつ饒《じょう》舌《ぜつ》を振るう。

久しぶりに聞いてくれる相手がいることで、箍《たが》が外れたのだろう。死ぬ前は料理人をしていたことや、谷中で小さな店を持っていたことなどを、一方的にべらべらと語り続けた。

「おい。そういや、黒船はどうなった？」

一通り身の上を喋《しゃべ》りつくしたところで、彼は再び咲のすぐ傍《そば》まで飛んできて尋ねる。

「く、くろふね……？」

「あぁ。浦賀《うらが》の湊《みなと》に、異国からでっけぇ船が来たろ？　あれが来たのは、俺が死ぬ三日前なんだ。……なぁ、どうなった？」

黒船が何なのか、咲は咄嗟《とっさ》に思い出せなかった。遥《はる》か昔の出来事だということだけは、辛《かろ》うじて分かる。

よって、目の前の光景に、一つの答えが出た。

（幽霊だ。これは紛《まぎ》れもなく幽霊だ。オバケだ。死んだ人の御魂《みたま》だ。霊魂だ！）

咲は傍《かたわ》らに放り出していた自分のトートバッグから携帯電話を抜き出した。画面をタップして、素早く電話帳を表示する。

「あ、もしもし、叔父さん⁉ あの、こ、この部屋っ！」

電話を掛けた相手は叔父の保彦だ。東京に出てきたばかりの彼女にとって、頼れるのは叔父しかいない。

その叔父は、咲の切羽詰《せっぱつ》まった声を聞いて、ふぅーっと溜息を吐《つ》いた。

『……やっぱりその部屋、何か、いる？』

間延びした彼の声に、咲の肩からどっと力が抜ける。

そしてようやく気付いた。――叔父は、すべてを承知の上で、この部屋を仲介したのだ！

『実はさー、その部屋、現地見学すると断るお客さんが多いんだよ。気分が悪くなるとか言ってさぁ。契約できても、みんな一週間と持たずに出ていっちゃうんだよね。ラップ音っていうの？ そういうのがするとか、薄気味悪い気配がするとか言うんだ』

「ゆ、幽霊を、見た人がいるってこと……？」

『それが、そこまではっきり見た人はいないんだ。だから余計気味悪がられちゃってさぁ。……咲ちゃんも、何か感じちゃった？』

感じちゃったどころの騒ぎではない。

見えてるし聞こえてるし、会話までしている。

確実に『何かいる』のだ。

しかも、すぐ目の前に！

「お、お寺！　お寺行かなきゃ。お坊さんに、お、お祓《はら》いしてもらわなきゃ！」

幸いにも、このアパートの周辺にはたくさん寺がある。寺町である谷中の恩恵にあずかるなら、まさに今だ！

そう思ったのに、電話の向こうから聞こえてきたのは乾いた笑い声だった。

『あはは、残念だけど何をやっても無駄だと思うよ。実は叔父さんも同じこと考えて、神主さんやらお坊さんやらを呼んだことがあるんだ。それでも……効かなかったんだよねぇ』

「えぇっ！　そ、そんな……」

希望の糸はあっけなく断たれた。

倒れそうになりながらも咲は携帯電話に縋《すが》りつき、声を絞り出す。

「……何でそういうことを最初に言ってくれないの⁉　知ってたら、別の部屋にしたのに」

『事故物件ってわけでもないからねぇ。聞く限りじゃ、ちょろっと音がする程度で、何かが襲ってくるわけじゃないみたいだし。身体的には安全だよ。うん、大丈夫！』

「大丈夫じゃないよぉ〜」

『いや、イケるイケる。咲ちゃんは姉さんに似て、しっかりした子だ。平常心を保てば問題ないさ。ともかく、一年でいいから住んでくれ。あんまりにも入れ替わりが激しいと、変な噂《うわさ》が立って余計に借り手がいなくなるんだ。頼む！』

「そんなこと言われても……」

『頼むよ。こんなこと頼めるの、しっかり者の咲ちゃんしかいないんだ！　叔父さんを助けると思って、ね？　じゃあ頼んだよ！』

「あっ、叔父さん！」

携帯電話から、ツーツーという虚《むな》しい電子音が流れてきた。

すぐにリダイヤルしてみたが、聞こえてきたのは叔父の声ではなく『留守番伝言サービスにお繋ぎします』というアナウンスだ。

咲は泣きそうになりながらも、再び電話を握り直す。

（こうなったら、お母さんに電話してみよう！）

叔父が頼りにならないのなら親だ。

そう考えたものの、実家に電話を掛ける前に、身体から力が抜けていた。

幽霊が見えるなどと泣きついても、まず間違いなく信じてもらえないだろう。心配はしてくれると思うが、ホームシックでどうにかなったと考えるかもしれないし、迷惑を掛けることになる。

それに、この部屋を出て別の部屋を探すにしても、その間はどこに住めばいいのだ？

四月は就職や進学の時期で空《あ》いている物件が少ない、と聞いたことがある。これから新しい部屋を探すのでは、大学の入学式に間に合わない可能性が高い。

どう転んでもアウトだ。つまりこの部屋以外、咲に行くあてはない。

「嘘でしょ……」

思わず項垂《うなだ》れたところで、頭上から声が掛かった。

「おい。お前、名前は？」

「え、私の名前？　咲……。春野咲だけど」

答えてしまったあとで、訊《き》いてきた相手が幽霊だったことに気が付いて焦《あせ》る。パニックになるととりあえず口を開くのが、咲の悪い癖だ。

「ほお、咲か。いい名前だな。じゃあ、咲、これからいっちょよろしく頼むぜ」

「は？　よろしくって、それ、どういう……」

「咲は今日からここで暮らすんだろ？　つまり俺と一つ屋根の下ってことだ。久しぶりに誰かと話ができて、俺ぁ嬉しいぜ。よろしくな！」

大きな体をきっちり曲げて、惣佑は頭を下げた。

（あれ、幽霊のくせに意外と礼儀正しい）

……などと感心したのは一瞬のことだ。

「いやいやいや、無理無理無理！　幽霊と同居なんて、無理だよ！」

すぐに咲は両方の手の平をバンと前に出し、全身で拒絶のポーズを取る。

どう考えても無理だ。他人と突然同居するなんて、無謀すぎる。しかも相手は既に死んでいるのだ。

……こうして考えているだけでも、まるで意味が分からない。頭が混乱してくる。

なのに、当の惣佑は飄々《ひょうひょう》と言った。

「そんなに気負いなさんな。心配はいらねぇ。俺ぁ基本的にこうやって浮いてるだけで、水も飯もいらねぇんだぜ？　それに、お前を末代まで祟《たた》るつもりもねぇ。この俺がそんな悪党に見えるかい？」

「え、えーと……見えない」

正直な感想だ。

最初は不気味だったが、こうして話しているうちに早くも慣れてしまい、恐怖感はすっかり薄れている。

幽霊という未知の存在に対する畏怖《いふ》の念がなくなったわけではないが、不思議なことに、もはや彼に微《かす》かな親しみさえ覚えているのだ。

しかし――

「……やっぱり幽霊と同居なんて、無理だよ」

無理なものは無理である。

咲が再び否定すると、惣佑は困ったように眉を少しだけ下げた。

「そう言われても、俺ぁここから動けねぇしな。そもそも俺のほうが最初にこの場所にいたんだぜ？　それでも咲がここに住むってんなら、我慢するしかねぇだろ」

「うぅっ、そうなんだけど、でも嫌《いや》……って、そうだ！　それなら、今から成仏《じょうぶつ》してよ！」

「はぁ？　成仏？」

「そう。もうこの際、成仏して、極楽浄土にでも行けばいいじゃない！」

咲の言葉に、惣佑は思い切り顔を顰《しか》めた。そして、ふっと視線を遠くに移す。

「……それができるなら、とっくにしてらぁ。何年も何年も、好き好《この》んでここにいたわけじゃねぇ」

冷静な言い方だったが、消え入りそうな言葉の終わりに、微かな憂《うれ》いが混ざっている。

そこで、咲はようやく彼が抱えているものに気が付いた。

誰にも気が付いてもらえずに過ごした、惣佑の気持ち……

——長い長い、孤独。

「……ごめんなさい。私、今すごく無神経なこと言った」

「いや、気にしなさんな。咲の言い分はもっともだ。俺ぁいい加減、あの世に行くべきなんだ」

そう言うと、惣佑は一旦天井付近まですいっと浮かび上がった。それから、まっすぐキッチンのほうへ降りていく。

「ここは、台所……だよな。俺が生きてた頃とずいぶん変わっちゃあいるが、使い勝手はよさそうだ」

男らしい節くれだった手が、銀色に光るシンクの縁《ふち》に伸びた。しかしその手は、シンクをするりとすり抜けて空中を彷徨《さまよ》う。

「咲、頼みがある」

「何？」

「俺の代わりに、料理を作ってくれ」

「……え？」

キッチンの横に浮かんでいた惣佑が、咲のもとへ飛んでくる。

そのまま膝を折るようにして身体を縮め、相変わらず玄関に座り込んでいた咲と視線を合わせた。

「俺ぁ生きてる時、毎日毎日、包丁を握ってた。料理を作って誰かが笑ってくれれば俺ぁそれでよかった。生き甲斐《いがい》みてぇなもんだったんだ。まだ作ったことのねぇ菜《さい》を作りてぇとか、新しい食材を使った煮物を試してぇとか……今でも俺ぁ、そんなことばかり考えちまう。俺が成仏《じょうぶつ》できねぇ理由は、多分そこにある」

「料理に未練があるってこと……？」

「……ああ。けどこの身体じゃ包丁どころか箸《はし》一本だって握れねぇし、歯ごたえも味も匂いも、何一つ感じることができねぇときた。俺の姿が見えて声が届くのは、咲……お前《めぇ》だけだ。だから頼む。俺の代わりに、料理を作ってくれ！」

「ええっ、私、料理なんてろくにしたことないから、無理だよ」

「そいつぁ大丈夫だ。俺が横で指南してやらぁ。……頼む、咲！　俺ぁ心残りを、断ち切りてぇんだ」

「惣佑は、未練を解消して……成仏したいの？」

咲がそう問うと、惣佑は項垂《うなだ》れたまま頷《うなず》いた。

「俺ぁこの世に留まりすぎた。こうしてたって、包丁も握れねぇのによ……。なのに、どうしても心がここから離れてくれねぇ。未練なんてすっぱり断ち切って、行くべきところに行きてぇんだ。だから頼む、咲……」

咲の目の前で、惣佑は額《ひたい》が地面につきそうなほど深く頭を下げた。微動だにしないその姿から、想いの強さが伝わってくる。

もっと料理がしたい。

それは長い間ずっと孤独に耐えてきた彼の、渾身《こんしん》の願いだ。

「分かった……やるよ、私」

気が付くと、咲は力強く頷《うなず》いていた。

「本当かい⁉」

「うん。料理なんてしたことないけど……やってみる。惣佑の未練がなくなるまで、付き合うよ！」

惣佑の顔に、ぱっと笑みが浮かんだ。それだけでまわりが明るくなったような気がして、思わず咲も微笑《ほほえ》む。

こうなったら、料理ととことん向かい合ってみよう。惣佑が無事に成仏《じょうぶつ》できるように、できる限りのことをしたい。

「よろしくね、惣佑」

咲が決意を籠《こ》めてそう言うと、惣佑の顔が安堵《あんど》したように綻《ほころ》んだ。

「――ああようやく、一人じゃなくなったんだな、俺」

桜舞い散る四月。

東京・谷中の片隅で、こうして幽霊料理人との同居生活が始まった。

2

幽霊料理人・惣佑と同居するようになって、はや二か月。

六月に入ったばかりのこの日、咲は谷中の町を散策することにした。

今日は平日だが、咲の通う大学は創立記念日で休校である。梅雨《ばいう》前線はまだやってきておらず、外は快晴だった。

まさに、絶好の散策日和《びより》だ。環境が変わって忙しかった日々が落ち着き、ようやく住んでいる町をじっくり見て回る機会が訪れた。

谷中の町は東京都台東区《たいとうく》の北西に位置し、文京区《ぶんきょうく》や荒川区《あらかわく》との区境にあたる。

この場所が本格的に賑わうようになったのは、江戸時代、上野に寛永寺《かんえいじ》が開かれてからだ。

三代将軍徳川家光《とくがわいえみつ》がこの寺を開基すると、そこからほど近い谷中にも次々と寺が建《こん》立《りゅう》された。寺が建つとやがて参拝客が集まり、さらにその客を見込んであちこちに店ができる。

そうやって発展した谷中の町は、幕末の混乱や関東大震災をくぐり抜け、太平洋戦争の被害も免《まぬが》れた。そのため、町の至るところに、昔の面影が残っている。

加えて、昭和に入って町の中心に商店街ができ、多くの寺と並んで名物の一つになった。

江戸時代から続く寺と、昭和レトロな個人商店、そして現代的な建物とが混ざり合った下町風情《ふぜい》が漂《ただよ》う町——それが谷中である。

谷中の玄関口となる主な鉄道の駅は、東京メトロの根津《ねづ》駅と千駄木《せんだぎ》駅、それからJR山手線日暮里《にっぽり》駅の、計三つ。

この中で、咲が散策のスタート地点として選んだのは日暮里駅だった。

住んでいるアパートに一番近いのは千駄木駅だが、たまたま手にした街歩きのガイドブックに日暮里駅を中心としたマップが載っていたので、それに倣《なら》うことにしたのだ。

そのガイドブックには、谷中の歴史や坂道の名前の由来などが書かれていて、咲はその情報をマップとともにだいたい頭に入れてある。

咲が今いるのは、日暮里駅の西口を出てすぐ始まっている上り坂の前で、坂の名前は『御殿坂《ごてんざか》』という。

坂の始まりにある看板によれば、昔、寛永寺の要職にあった人物の御殿があったことからこの名前が付いたと言われるが、定かではないらしい。

谷中はもともと台地と台地の間に開けている町で、坂道が多い。御殿坂はその中でも比較的大きくて広い坂だ。

始点に立つと、緩やかに上っている勾配《こうばい》がよく見通せる。

（しっかり歩いて、ここ最近の食べすぎを解消しなきゃ……！）

そんな思いを心に秘めつつ、咲は一歩目を踏み出した。

谷中に隣接する千駄木・根津界隈《かいわい》も歴史的、文化的施設が多く点在し、谷中と合わせて『谷根千《やねせん》』と呼ばれる人気の観光スポットだ。

このあたりは多くの観光客が訪れ、天気のいい休日などは道が人でごった返して身動きが取れなくなるほどだが、今日は平日なのもあり比較的静かだった。

咲が一歩進むたびに、肩の上で切り揃えたボブヘアがぴょこぴょこと跳ねる。夏が間近に迫っているせいか、少し暑い。

今日の咲は、青い小花模様が散ったお気に入りの半袖シャツに、デニムスカートを合わせていた。しっかり歩くことを考えて両手が使えるようにリュックを背負い、足元はスニーカーだ。

初夏の日差しは想像以上に強い。家を出る前は長袖にするかどうか迷ったが、半袖を着てきて正解だと思った。

「ああ、やっぱ『外』はいいもんだな。心が晴れ晴れするぜ」

そんな咲のすぐ横で、惣佑がぐっと伸びをする。その拍子に長身がふわりと空中に浮き上がり、ゆらゆら漂《ただよ》うように揺れた。

夏服の咲に対し、惣佑のほうは相変わらず紺色《こんいろ》の着物姿だ。後ろで一本に束ねてあるつややかな総髪《そうはつ》も、出会ってからずっと変わっていない。

多分、気候の変化があっても幽霊が身に着けているものは変更されないのだろう。

「なぁ咲、あっちに行ってみようぜ。何か面白《おもしれ》ぇもんがありそうだ」

「そうだね。行ってみようか」

そう普通に答えてしまってから、咲は慌てて自分の口を押さえた。

まさに名実ともに幽霊である惣佑の姿は、他の人には見えない。彼の声が聞こえるのも咲だけだ。

そんなわけで、幽霊の惣佑と会話をする姿は、さながら独り言を呟《つぶや》く怪しい人物である。今の声を誰かに聞かれていたら、怪しまれるかもしれない。

なお、惣佑自身はまわりの景色や音声を咲と同じように見聞きできる。

ものに触ったり味や香りを感じたりすることこそできないものの、視覚と聴覚は元のままのようだ。

（とりあえず大丈夫みたい……）

まわりを見回したが、特にこちらを気に留めている通行人はいなかった。咲は安心して、再び歩き始める。

スタート地点の御殿坂を上り切ると、道が二股に分かれていた。左は『七面坂《しちめんざか》』と呼ばれる細い下り坂で、右側を少し進むと下へ向かう緩い石段になっている。

右側の石段の上に立つと、『谷中ぎんざ』と書かれたゲートが見えた。ゲートの向こうに、小さな店がひしめき合っている。

看板が示す通り、石段の先にあるのは『谷中銀座』と呼ばれる商店街だ。

その商店街を見下ろせるこの石段には『夕やけだんだん』という、ちょっと可愛い名前がついている。『谷中銀座』と『夕やけだんだん』は、それぞれ谷中のシンボルともいえる名物スポットだ。

咲は夕やけだんだんをトントンと下り、商店街のゲートをくぐった。中に一歩踏み入れると、途端に活気の渦《うず》に巻き込まれる。

八百屋、肉屋、雑貨屋、カフェに土産物《みやげもの》屋……

百五十メートル以上続く細い路地の左右に、個人商店が競い合うようにして並んでいる。そのまわりを人や物が行き交い、歩いているだけで、まるでおもちゃ箱の中を泳いでいるみたいな気分だ。

「へー、こりゃまた、ずいぶんと賑やかな場所じゃねぇか」

惣佑が咲の斜め上をすいすい飛びつつ、弾むような口調で言った。

谷中銀座商店街の始まりは、終戦直後に立った小さな市場らしい。戦後の発展とともに店が増えたが、今でも当時の雰囲気をいい感じに保っている。

惣菜《そうざい》屋の前を通りかかると、店頭でメンチカツやコロッケを揚げていた。たちまち食欲をそそる香りに包まれる。

街歩きのガイドブックによれば、このコロッケを齧《かじ》りながらそぞろ歩くのがこの商店街の楽しみ方の一つだという。

揚げ物は一つ数十円からと、値段も手頃だ。しかし、咲はぐっとお腹《なか》に力を入れて店を通り過ぎた。

(美味《おい》しそうだけど……食べるのはまた今度にしよう!)

ここで間食してしまったら、冗談抜きで顔が大福になる。三食きちんと食べて間食を減らし、なおかつ歩いて、丸くなった頬を引き締めなければ。

「おっ、咲、見てみろよ。魚が売ってるぜ。なかなか活《い》きがいいじゃねぇか！　あっちは何でぃ？　菓子屋か？」

咲の気持ちをよそに惣佑はひょいひょいとあちこちの店を覗き、そのたびに歓声を上げた。目をキラキラさせて、百五十メートル続く商店街を何度も行きつ戻りつする。その様子がいたずら盛《ざか》りの子供に見えて、咲は思わずふふっと笑みを零《こぼ》した。はしゃぎたくなる彼の気持ちも理解できる。何しろ、彼にとっては百六十年ぶりの外なのだ。

惣佑は、咲の住んでいるアパートに憑いている幽霊だった。部屋の中ならある程度移動できるが、何度試みても敷地より一定以上は離れられなかったと聞いている。おそらく地縛霊のような存在の彼は、死んでからずっと、あの場所に縛り付けられていたのだろう。

しかし、咲についてくる形でなら、惣佑も部屋の外に出られる。この事実が判明した時、彼は部屋の中を飛び回って喜んだ。それほど嬉しかったらしい。

何せ、百六十年もの間、一つの場所から動けなかったのだ。その上、誰にも見つけられず、存在を無視され続けた。

気が遠くなるほど長い時間、彼は独りぼっちで何を思って過ごしていたのか……

それを、惣佑自身はあまり話さない。

いつも幽霊とは思えないほど明るく、江戸っ子特有の口調で咲をからかっては豪快に笑っている。

ただ、時折ふっと物思いに沈んでいることがあるのだ。伏せられた視線が見ているものを、咲は黙って想像するしかない。

「いらっしゃいませー！　たい焼きいかがですかぁ！」

「さぁて、今ならきゅうり三本おまけするよー！」

笑い声や売り込み文句で賑わう商店街を歩きつつ、咲は二か月ほど前のことをぼんやりと思い出す。

(惣佑と会った日も、確か今日みたいに天気がよかったよね)

衝撃的な出会いを果たした咲は、あのあと真っ先に黒船について調べた。

黒船とは、江戸時代末期、日本に開国を求めて来航した蒸気船のことだ。江戸時代の日本にはまだそこまで立派な船を造る技術力がなく、浦賀湾に姿を見せた黒船のことは大きなニュースとなって全国を駆け巡ったという。

来航の詳しい日付は、当時の暦《こよみ》で嘉永六年六月三日。西暦だと、一八五三年七月八日になる。

……つまりその三日後が、惣佑の命日ということだ。

「いやぁ、何だか知らねぇうちに、この辺も面白くなったな」

小さな店が立ち並ぶ谷中商店街の様子を物珍しそうに眺めて、惣佑がしみじみと呟《つぶや》いた。谷中には古い町並みが多く残っているが、やはり百六十年前とは大分異なっているらしい。

惣佑との出会いを思い出しながら歩いている間に、商店街の端まで来ていた。

終点はT字路だ。谷中銀座商店街のある道とT字型に交わっている道が『よみせ通り』である。

よみせ通りは、その名の通り、昔は夜になると露店が多く並ぶ道だった。今は個人商店が軒《のき》を連《つら》ねていて、谷中銀座の続き感覚で散策できる。

咲と惣佑はよみせ通りを左に曲がり、立ち並ぶ店をゆっくりと見て歩いた。

「なぁ咲、そろそろ腹が減らねぇか？」

しばらくすると、上のほうを飛んでいた惣佑が咲の傍《そば》に下りてきて言う。

「そういえばそうだね。今何時だろう」

他の通行人に怪しまれないよう小声で答えて腕時計を確認すると、時刻は午後一時を回っていた。

そもそも散策を始めたのが午前十一時半過ぎだ。商店街をのんびりと歩いているうちに、いつの間にか昼になっていたようである。お腹《なか》が空《す》くのも無理はない。

「咲、昼飯食うんだったらよ、どっか料理屋に入ってくんねぇか？」

「えっ、自分で作らないで、お店で食べるってこと？」

今日も惣佑の指南で何か作るのだとばかり思っていた咲は、驚いた。

「ああ。できれば板場……料理を作ってるところが見える店がいい。他の料理屋の板場ってやつを、一度見てみてぇんだ」

惣佑がいつも見ているのはアパートの小さなキッチンだ。飲食店の厨房《ちゅうぼう》とは規模からして違う。料理人の彼が、広い調理場に興味を持つのも頷《うなず》ける。

「分かった。じゃあどこかお店を探すね」

そう返してから、咲はしばし立ち止まって考えた。

せっかくだから美味《おい》しいものを食べたい。

厨房が見たいという惣佑の希望も叶えたいし、かといって闇雲に探し回るのは効率が悪そうだ。

「あっ、そうだ！」

引っ越してきてからまだ二か月。いわば谷中ビギナーだが、そんな彼女でも一軒だけよく知っている店がある。しかも、飛びきりいいところだ。

「店の見当がついたみてぇだな。こっから近《ちけ》ぇのか？」

歩き始めると、惣佑がふよふよ飛んでついてくる。咲はこくんと頷いて、「すぐそこ」と口の動きだけで答えた。

実際、その店はすぐ近くだ。

今いるのは、よみせ通りの真ん中あたり。そこから少し進み、細い路地に入ると、暖簾《のれん》の掛かった店が見えてくる。

紺地のその暖簾には、丸っこい字体で『はま』という店の名前が白抜きしてあった。

咲は暖簾をくぐりながら、格子の引き戸をカラカラと開ける。

「いらっしゃーい！」

その途端、店内に明るい声が響き渡った。

厨房から出てきた声の主は、咲の顔を見るなり「あら！」と満面の笑みを浮かべる。

「さーちゃんじゃないの！　久しぶり。大きくなったわねぇ！」

咲のことを『さーちゃん』と呼ぶ女性の名は、浜《はま》ヨシエ。足を踏み入れたこの店は、彼女が一人で切り盛りする定食屋『はま』だ。

ヨシエは咲の叔父・保彦の知り合いである。東京の叔父の家に遊びに行くたびに『はま』へ連れてきてもらったので、咲とはすっかり顔馴染《かおなじみ》だ。

女店主のヨシエは五十代だが、独身で若々しく、実年齢より十歳は若く見える。小柄なのに力仕事を平然とこなすし、何より料理の腕がいい。

だから『はま』のメニューはどれも絶品だ。ヨシエのさっぱりした性格も手伝い、店は多くの人に愛されている。

「こんにちは、ヨシエさん。お久しぶりです！」

咲がぺこりと頭を下げると、ショートカットにバンダナを巻き、エプロンを付けたヨシエが笑顔で近づいてきた。

「ヤッくんに聞いたわよ。さーちゃん、谷中に下宿してるんだってね！」

「はい。四月に越してきました。もうちょっと早くこの店に来ればよかったなぁ」

「引っ越したばかりの時は忙しいものね。今日来てくれて嬉しいわ」

ヤッくんとは、咲の叔父・保彦のことだ。こんなふうに、ヨシエはごく親しい人を愛称で呼ぶ。

「さぁさぁ、座って。この席でいいかしら」

通されたのは壁際にある二人掛けのテーブル席だ。

店内には、壁に沿って二人掛けの席が三つ、その向かい側に四人掛けの席が二つある。

毎日賑わっている『はま』だが、平日で昼食にしては時間が遅いせいか、今は人が少なかった。咲の席からは、斜め後ろにある四人掛けの席にいる親子連れらしき客が見えるのみだ。

「さーちゃん、今日は何にする？」

咲の前にお冷《ひや》を置きながら、ヨシエが訊《き》いてきた。

「日替わりをお願いします」

「はーい了解。ちょっと待っててね！」

注文を聞くと、彼女はすぐに厨房《ちゅうぼう》に消えていく。

じゅわーっと何かを揚げる音が聞こえ出したところで、咲は声量に注意しながら惣佑にヨシエとの関係や『はま』のことを説明した。

「このお店は定食屋だけど、お惣菜《そうざい》を容器に詰めて売ったりもしてくれるんだよ。どれも美味《おい》しいの」

「ほー、菜《さい》も売るのか。生きてた頃、俺もこの店と近《ちけ》ぇことをやってたぜ」

「そうなの？」

「ああ。俺がやってたのは一膳飯屋さ。『夕日屋《ゆうひや》』っつってな、飯と一緒に菜や味噌汁を出してたんだぜ。菜だけを注文して、持ち帰る客もいたな」

そう言われると、確かに生前の惣佑が営《いとな》んでいた店と『はま』は、営業形態が近い気がしてくる。

きっと惣佑の店も『はま』と同じように愛されていたんだろうな、と咲は思った。

惣佑が自ら腕を振るうなら、美味しいに違いない。だって、料理音痴の彼女でも、彼の指南があれば美味しい料理が作れるのだ。

「咲、俺ぁちっとばかし板場を見てくるぜ」

言うが早いか、惣佑は厨房のほうへすいすいっと飛んでいってしまった。

幽霊である彼がアパートの外で動けるのは咲のまわりだけだが、どうやら半径十メートル程度は問題ないらしい。

それが分かって以来、惣佑は時折、咲の視界から消える。

たとえば、咲が大学の課題に取り組んでいたり、一人で何かを考えていたりする時は気付くといなくなっているのだ。

風呂に入る時や着替える時などは、そんなそぶりを見せただけでクローゼットやトイレの中にすーっと入っていく。

外出する時も必要以上に付きまとったりはしない。

惣佑が外に出られるのは咲と一緒の時だけだが、アパートの中に残ることももちろんできるので、毎回ついてくるわけではなかった。大学に行く時やちょっとした買い物の時は、笑顔で送り出してくれる。

それに、肝心の料理についても、決して無理は言わない。

本当は毎日でも料理指南をしたいはずなのに、咲が勉強などで疲れている時は「無理しねぇで休みねぇ」と優しく言うのみだ。

いくら同居しているとはいえ、ずっと見られていたら息が詰まるし、たまには一人になりたいこともある。

惣佑はそのあたりのことを何も言わなくとも察してくれるので、咲が息苦しさや居心地の悪さを感じたことは一度もなかった。

幽霊との同居なんて最初はどうなることかと思ったのに、二か月が問題なく過ぎたのは、彼のこういった気遣いのおかげだ。

「はい、お待たせ。日替わり定食よ！」

そんなことを考えているうちに、目の前に温かな料理が置かれていた。

メインは白い大皿に乗ったカニクリームコロッケだ。キャベツの千切りとポテトサラダが添えられていて、もう一つの黒い小鉢にはひじきの煮物が入っている。

これにお替わり自由のご飯と大根の味噌汁がついて、値段は五百八十円だ。

「お味噌汁、熱いから気を付けてね」

料理を運んできたヨシエが、お冷《ひや》のお替わりを注ぎながら言う。

「はーい。わぁ美味《おい》しそう。いただきまーす！」

きっちり手を合わせてから、咲はまずほわほわと湯気《ゆげ》が立ち上る味噌汁の椀を手に取った。ヨシエは「ゆっくり食べてってね」と言い残して再び調理場に引っ込む。

入れ替わりで、惣佑がふよふよと戻ってきた。

「いやー、やっぱ店の板場は一味違うぜ。……おっ、咲、そりゃ一体何でぃ。えらく洒落《しゃれ》た料理じゃねぇか。美味《うま》そうだ」

「うん、美味しい！」

咲はカニクリームコロッケを一口齧《かじ》る。さくっとした歯ごたえのあとに、とろりと濃厚なクリームが広がった。ほんのり甘いカニの風味もたまらない。

添えられたポテトサラダはマヨネーズの酸味が効いていて、口の中がさっぱりする。ひじきの煮物は優しい味で、ご飯によく合った。

やはり『はま』の料理は絶品だ。一度食べ始めたら箸《はし》が止まらず、気付いた時には皿の上がすっかり綺麗になっていた。

「あー美味《おい》しかった。ヨシエさん、ごちそうさまでしたぁ！」

咲が調理場に向かって声を掛けると、ヨシエがにこにこしながら出てきた。小さな白いビニール袋を手にしており、それをひょいと差し出す。

「お粗末さまでした。……さーちゃん、これ持ってって。小松菜の白和《しらあ》えと、五目豆よ。お店の残りなんだけど、よかったらどうぞ」

「うわぁー、いいんですか！　ヨシエさんの料理なら何でも美味しいから、嬉しい！」

「若いんだから、しっかり食べなきゃ駄目よ」

ヨシエはまるで母のような口調でそう言った。咲は「はい」と頷《うなず》いて、受け取った袋を胸にしっかりかき抱く。

「おばさん、ごちそうさま……」

そんなやり取りをしていると、横からぼそりと声がした。見ると、小学校低学年くらいの小柄な男の子が咲たちの横を通り過ぎ、店の出口に向かおうとしている。

ヨシエとともに男の子の背中を見つめている咲の後ろから、声が掛かった。

「勇樹《ゆうき》！　図書館に行くなら、車に気を付けるんだぞ！」

声の主は、斜め後ろに座っていた中年の男性だ。男の子と一緒に四人掛けの席についていた客である。

「うん、分かったよお父さん」

男の子は一度振り返り、そう返事をして『はま』から出ていった。続いて男性が立ち上がり、ヨシエと咲のほうへやってくる。

「あの……ごちそうさまでした」

「あぁ八重樫《やえがし》さん。こちらこそ」

ヨシエは笑顔で頷き、咲と男性を交互に見やる。そして、咲の肩にポンと手を置いた。

「八重樫さん、こちらあたしの知り合いで、さーちゃん。四月から谷中に住み始めたのよね」

言われて、咲は座っていた椅子からぱっと立ち上がり、お辞儀をする。

「春野咲です。大学一年です。よろしくお願いします！」

「これはご丁寧にどうも。僕は八重樫雅彦《まさひこ》と言います。さっき出ていったのが息子の勇樹です。僕たち親子はこの店が好きなので、これからよくお会いしそうですね。こちらこそよろしく」

八重樫も軽く頭を下げて、微笑《ほほえ》んだ。

年齢はおそらく四十代。背はさほど高くないが、百七十センチ前後はありそうだ。どちらかというと痩《や》せていて、髪の毛を短く切り揃えており、笑うと少し目が下がり気味になる。

ラフなポロシャツにチノパン姿の彼は、一言で言えば『優しいお父さん』という感じだ。

「八重樫さん、今日は来てくれてありがとうね。お仕事、お休みだったの？」

ヨシエに訊《き》かれた八重樫は、頷《うなず》いた。

「はい。今日は勇樹の学校が午前中のみの授業で給食もなしだったので、僕も半休にしたんです。それでお昼を食べに寄らせてもらいました。あの、それでヨシエさん。申し訳ないんですが……」

彼の視線が、先ほどまで親子で座っていたテーブルに飛ぶ。ヨシエと咲の視線も同じほうへ導かれた。

「残った料理を包んでもらうことはできますか？　僕は全部いただいたんですが、勇樹が……」

テーブルには、空《から》っぽの皿と、まだ料理がたくさん残った皿が置かれていた。見た感じ、残っているほうの皿は半分も手が付けられていないようだ。

八重樫の口ぶりからして、料理を残したのは息子の勇樹だろう。

「すみません、あんなに残してしまって。ここの料理はとても美味《おい》しいです。それは間違いないんですが、その……」

「いいわよ八重樫さん。気にしないで。事情は分かってるもの！　待ってね、容器を持ってくる」

ヨシエはわざとらしいほど明るい口調で言い、調理場に足を向けた。

そこへ、八重樫の切羽《せっぱ》詰まった声が掛かる。

「あ、あの、それから、重ね重ね申し訳ないんですが、ヨシエさんにぜひ聞いていただきたい話があるんです。何と言いますか、お願いのようなものになるんですが……」

「……あたしにお願い？　何かしら」

ヨシエは足を止め、八重樫とまっすぐ向かい合った。どうやら話を聞く気のようだ。

自分はここにいてもいいのかな、と咲が迷っていると、それを察したのか八重樫が振り返って口を開く。

「春野さんもよかったら一緒に聞いてくれませんか。若い人の意見も聞いてみたいんです。……主に、料理についての話なんですが」

「料理、ですか……」

咲がそう呟《つぶや》くと、今まで黙って店の中を漂《ただよ》っていた惣佑がすーっと近づいてきて囁《ささや》いた。

「おい、こいつの話、聞いてみようぜ」

3

ヨシエはまず、八重樫の息子・勇樹が残した料理を手早くプラスチック容器に詰めた。それからじっくり話ができるように、全員で四人掛けのテーブルにつく。

「ヨシエさんはある程度うちの事情はご存じでしょうが、今日は春野さんがいるので、最初から話をしますね」

テーブルの片側に咲とヨシエ、向かい側に八重樫が座った。惣佑は咲の頭の上あたりに胡坐《あぐら》をかくような姿勢で浮かんでいる。

「僕と勇樹は今、二人で住んでいます。半年前に妻と離婚して……いろいろあって僕が勇樹を引き取ることになったんです」

八重樫はゆっくりと話し出した。

出だしから少し重い話だ。咲は口を挟まずに、首を縦に振って相槌《あいづち》を打つ。

「妻とは一応恋愛結婚でしたが、彼女の実家はかなり裕福で、ごく普通の家に育った僕とたびたび話が合わないことがありました。それでも最初のうちはなんとか上手くやっていたんですが、勇樹が生まれてから決定的にすれ違ってしまったんです。……主に、勇樹の教育のことで」

八重樫の話によると、元妻は息子の勇樹に、いわゆる英才教育を施《ほどこ》そうとしたらしい。彼女の家は代々医者で、いずれは勇樹も医者にするつもりだったようだ。

まず、有名人の子供が多く通う名門の私立小学校に息子を入れた。お受験のために三歳から家庭教師をつけ、専門のスクールに通わせていたという。

勇樹が無事小学校に入学しても、元妻の熱意は収まらなかった。医学部の受験を目指して、さらに本格的な勉強漬けの日々が始まったのだ。

月曜日から土曜日までは塾。日曜日は英会話とピアノと書道……。

勇樹は毎日、母親の監視のもと、欠伸《あくび》の一つもできない過酷なスケジュールをこなさなければならなかった。

「……勇樹自身が喜んでやっているなら何も問題はなかったんです。ですが、分単位で勉強を強《し》いられ、毎日泣いていました。見かねて僕が口を挟むと、妻に『エリートじゃないあなたには分からない』と騒ぎ立てられましてね……。しまいには義父――元妻の父親も加わって、ますます勇樹を締め付けたんです」

「子供を想う気持ちは分かるけどねぇ。行きすぎは可哀相だわ」

ヨシエが眉を顰《ひそ》める。

咲も全く同じ感想だった。話を聞いている限り、いくら子供のためとはいえ少しやりすぎである。

「僕が何度も意見をすると、元妻は離婚を申し立ててきました。……離婚に関しては異議がなかったんですが、揉《も》めました。何せ子供がまだ小学生となると、たいていの場合、親権は妻に行きますからね。それでは意味がない。弁護士を立てて徹底的に戦いましたよ。協議でも調停でも話は収まらず、結局、裁判になりました」

「……それで、勇樹くんの親権は、八重樫さんが持つことになったんですね？」

咲がそう訊《き》くと、八重樫は力なく首を横に振った。

「いいえ。それが、初めは親権が妻に行きました。こちらも粘ったんですが、やはりこういう場合は母親に分があるようです。だから僕は勇樹を元妻のところに残して、生まれ育ったこの谷中に一人で戻ってきました」

「えっ、でも、今は勇樹くんと一緒にいるんですよね……？」

すると八重樫の眉根に、ぎゅっと皺《しわ》が寄る。

「はい。勇樹は今、僕と暮らしています。離婚してから一か月して、勇樹が僕の家へ一人でやってきたんです。……逃げてきたんですよ。母親のところから」

そこまで聞いて、咲は背筋がぞくりと粟立《あわだ》つ感覚に襲われた。

つまり、それは八重樫の元妻が、勇樹を……

「元妻の名誉のために言うと、勇樹に身体的な虐待《ぎゃくたい》の痕跡はありませんでした。それだけは確かです」

まさしく咲が思い描いた言葉を、八重樫ははっきりと口にした。そこへ、ヨシエが補足するように言葉を重ねる。

「八重樫さんはもう一度調停をしたのよね。勇樹くんの親権を取り返すために」

「そうです。二度目の調停では勇樹本人の意見が尊重されて、僕に親権が来ました。それからは谷中で二人暮らしです。調停が済んで、勇樹が正式にこちらに引っ越してきたのは三月だから……もう三か月ぐらい前になるのかな」

「本当に八重樫さんは偉いわ。働きながら家事も育児もやってるんだもの」

ヨシエがそう褒めると、八重樫は照れくさそうに頭を掻《か》いた。

「まぁ、それなりに。僕の両親はもう亡くなっていて、手を借りるわけにはいきませんしね。でも時々は今日みたいに外食しますし、勇樹も四月から小学校三年生になって、進んで手伝いをしてくれます。そんなに大変ではありませんよ」

咲はただただ感心した。

もう大学生なのに、一人分の食事でさえ幽霊に教えてもらわないと作れない自分とはえらい違いだ。

「勇樹と暮らせるなら何でもします。一緒にいられるだけでよかったと思っています。ですが……」

八重樫の声はだんだん小さくなり、一旦途切れる。その視線は、ヨシエの詰めたお持ち帰りの容器に向けられていた。

「……勇樹が、ろくに食べてくれないんです」

「え……？」

咲は自分の耳を一瞬疑った。空中に浮かんだ惣佑も目を見開いている。

「勇樹が食事を取ってくれないんです。何を出しても、すぐに食べるのをやめてしまうんですよ……」

八重樫は重々しい口調で、時折溜息を挟みながら事情を説明した。

もともと勇樹はバランスよく何でも食べる子で、好き嫌いも少なかった。離婚する前は普通に食事を取っていたという。

それが、八重樫に引き取られた時には極端な小食になっていた。

十口と少し食べればいいほうで、どんな料理を作ってもそれ以上はなかなか食べてくれないらしい。自分の料理が口に合わないのかと思い、外食にしてみても、あまり変化はないそうだ。

「なぜ食べないのか、勇樹本人に訊《き》いてみてもはっきりしたことは言いません。どうやら学校の給食もほとんど残しているようです。今の担任の先生は『優しく見守りましょう』と言ってくれるのですが……」

「病院とかは、行ったんですか……？」

咲はおそるおそる尋ねた。

「ええ。週に一度、上野にある心療内科に通っています。先生は、離婚で環境が変わって、心が緊張しているのではないかと言っていました」

病院とだけ言ったが、八重樫にはそれで通じたようだ。心のケアには既にプロが付いているとのことで、咲はほんの少し安心する。

「そんなに食べないんじゃ、勇樹くん、いつか倒れちゃいそうよねぇ。心配だわ」

ヨシエが難しい顔でテーブルに頬杖をついた。

谷中でずっと定食屋を営《いとな》んでいる彼女は、店に来る客をみんな愛している。勇樹のことは我が子同然なのだろう。

「はい。僕もそれが心配です。一応、飲み物はすべて大丈夫ですし、ハンバーガーとかサンドイッチみたいなものなら一つまるまる食べてくれることもあるので、それで辛《かろ》うじて繋いでいる状態です。けど、さすがにそろそろ限界なんじゃないかと……」

話を進める八重樫の表情が、ますます暗くなる。

「勇樹くんは、何で食べられなくなっちゃったのかしらねぇ……」

ヨシエの呟《つぶや》きは溜息に変わった。

お店の中を重々しい空気が支配する。

だが、その雰囲気に完全に押しつぶされる前に、八重樫がぐっと身を乗り出した。

「でも、ここの……『はま』の料理はよく食べるほうなんですよ。勇樹がここまで食べてくれるのは珍しいです。ヨシエさんの料理は美味《おい》しいですから！　そこで、ヨシエさんにお願いがあります！」

「何かしら？」

「実は来週、勇樹の九歳の誕生日なんです。その日に、この店でパーティーをやりたいんです。ヨシエさんの料理を囲んで、盛大に！」

「えぇ？　この店で⁉」

ヨシエは素《す》っ頓狂《とんきょう》な声を上げ、目をパチクリさせる。提案者の八重樫はますます勢いづいて、テーブルにバンと両手をついた。

「はい。記念なので、お店を貸し切りにして盛大にやりたいと思っています。あの、貸し切りにすることはできますか？」

「そりゃ、できますけど……でも、うちはただの定食屋よ。誕生日のお祝いなら、もっと子供向けのメニューが揃った店のほうがいいんじゃないかしら」

「この店じゃないと駄目なんです。勇樹はこの店の料理が大好きなはずですから！　それに、もし勇樹が食べなくても、僕が全部食べます。……あ、そうだ、春野さんも来てくださいよ」

「え、私もですか？」

　急に話を振られて、今度は咲が面食らった。

「ええ、ぜひ来てください。勇樹は三か月前に転校してきたばかりで、まだ友達がいないんです。春野さんに来てもらえれば楽しくなる。お願いできますか⁉」

「は、はい」

　思わず頷《うなず》いていた。

　優しいお父さんの雰囲気とは一転。八重樫の押しの強さに圧倒され、嫌ですとは言い出せない。もっとも、断る気はなかったのだが。

「よかった！　勇樹の誕生日は来週の日曜日です。料理のことはすべてお任せします。当然相応の謝礼はしますし、事前に材料費も払います！　勇樹が僕の家に来てくれて、初めての誕生日なんです。だから……どうか、よろしくお願いします！」

　八重樫は深く頭を下げた。座ったままだが、額《ひたい》がテーブルにくっつきそうだ。必死になりすぎているのか、肩が微《かす》かに震えている。

「分かったわ、八重樫さん。どうか頭を上げて。勇樹くんが楽しく過ごせるように、精一杯頑張ってみる」

ヨシエが慌てて声を掛けると、八重樫の顔がようやく上がった。その目には、うっすらと涙が浮かんでいる。

「引き受けてくださってありがとうございます。では、今日のところは帰ります。……当日、楽しみにしています」

彼は両の目をごしごしこすってから、ヨシエと咲の手を代わる代わるがっしり握った。そのあと飲食代を支払い、食べ物が入った容器を抱えて店を出ていく。

店の中が静かになったあとも、咲はしばし放心していた。

もう姿は見えないのに、父親の熱い想いが、まだ店の中に漂《ただよ》っている気がする。

「引き受けてはみたけど……勇樹くんの口に合う料理、作れるかしら」

しばらくして、ヨシエがポツリと呟《つぶや》いた。

不安の滲《にじ》む言葉が漏れるのも仕方がない。

勇樹は学校の給食も父親の手料理も、ほとんど食べないという。そんな彼でも食べられる料理とは一体何か。

メニューを考えるだけでも難しそうだ。

でも——

「きっと大丈夫だよ。ヨシエさんの料理は美味《おい》しいもん！」

大丈夫だよねと確認するように、咲は空中に浮かぶ惣佑を見つめる。

しばらくぶりに目が合った彼は、大きく頷《うなず》いた。

「そうね。やってみるしかないわよね」

咲の言葉に呼応するように、ヨシエの顔にようやく笑みが戻る。定食屋『はま』の女主人は、もともといつまでも沈んでいるタイプではない。

「さっそく今日から頑張ってみるわ。あぁ、さーちゃん。さーちゃんも何かいいメニューを思いついたら教えて。若い子の感性も取り入れなくっちゃね！」

「ヨシエさんも、十分若いよー！」

席を立って腕まくりし始めた女店主を見て、咲も立ち上がる。お昼を食べに来ただけなのに、長居をしすぎてしまった。

「じゃあヨシエさん、ごちそうさま！」

「はーい。またいつでも来てね！」

会計を済ませ、店を出ようとすると、天井のあたりにいた惣佑が咲のすぐ後ろに下りてきた。それを確かめて、咲は引き戸に手を掛ける。

「わっ！」

だがそのまま外に出ようとして、ドンと何かにぶつかった。顔からまともにいってしまい、ショックで目の中に火花が散る。

「……あ、すみません。大丈夫？」

体当たりした『何か』から、低くて穏やかな声が聞こえた。

咲が顔から突っ込んでしまったのは、どうやら店に入ってこようとしていた別の客らしい。

「はい、大丈夫です……私のほうこそ、すみません」

やっとのことで目の焦点を合わせると、咲の前には一人の青年が立っていた。

背は咲より頭一つ分高く、痩《や》せ型の身体に上下とも黒っぽい服を纏《まと》っている。生まれてこの方日に焼けたことがありません、と言われても頷《うなず》けるくらい色白だ。耳に掛かる長さの癖毛と、太いべっ甲フレームの眼鏡が印象的である。

年齢は二十代に見えるが、二十歳《はたち》そこそこなのか半ばなのか、もっと上なのか、判然としない。シャープな顎《あご》のラインと眼鏡が、どことなく神経質な雰囲気を醸《かも》し出《だ》していた。

(何だか、科学者とか、医者みたいな人)

ぼーっとしつつそんなことを勝手に考えていると、後ろからヨシエの元気な声が飛んでくる。

「あら、久世《くぜ》さん。いらっしゃい！」

そこで咲は入り口を塞《ふさ》いでいたことに気が付き、慌てて後ろに一歩ずれた。

　しかし久世と呼ばれた青年は店の中に入らず、その場に立ち止まったまま、なぜか咲の顔を凝視している。眼鏡の奥の目を見開き、まるで新発見の珍獣を眺めているみたいな顔つきだ。

　ほぼ至近距離からまじまじと見つめられ、咲の鼓動は速くなった。

「あの、私の顔に、何か……」

「ああ、いや……別に何も」

　おずおずと尋ねると、そこでようやく青年の視線が外れた。彼はそのまま何事もなかったかのように中に入り、二人掛けのテーブルにつく。

　咲は何だか拍子抜けしてしまい、改めて店の引き戸に手を掛けた。

「……いつものお願いします」

「はいはい。日替わり定食ね！」

　背後で、青年とヨシエのやり取りが聞こえた。

（あんな医者か科学者っぽい人でも、定食屋さんでご飯食べるんだ……）

　しかもやり取りの様子からすると、よく『はま』に来ている感じである。彼は一体、何者なのだろうか。

（何だか変わった人だったな）

　じっと見つめられた時のことを思い出し、咲の頬は少しだけ熱くなった。

4

八重樫親子の件を聞いてから数日後。

大学の講義が終わったあと、咲は一旦アパートに戻ってから上野に向かった。直行してもよかったが、留守番をしている惣佑が退屈しているのではないかと思い、声を掛けたのだ。

案の定、彼は子供のように好奇心一杯の顔でついてきた。

上野は咲のアパートから徒歩で行ける距離にある。東京でも屈指のターミナル駅を抱えているだけあって、谷中の町とは規模が違う。

大きなファッションビルや、行き交う人の多さを目にして、惣佑は「へー」だの「はあぁぁー」だの、さんざん感嘆の溜息を吐《つ》いた。

いっぽうの咲も、人の多さに少し驚く。

時刻は夕方四時。上野には老若男女《ろうにゃくなんにょ》問わず、国籍さえばらばらな大勢の人が入り乱れている。ぶつからないように歩くのが精一杯だ。実家のある栃木とはまるで勝手が違う。

そもそも、咲は人混みがあまり得意ではない。なのになぜ上野まで出てきたかというと——

「あ、あったあった、ここだ」

駅近くのファッションビルの中に、ようやく目的のテナントを見つけた。

「何でぇ、このけったいな場所は。店……か？」

肩口あたりに浮かんでいた惣佑が首を傾《かし》げる。咲は店内に足を踏み入れながら囁《ささや》いた。

「スポーツ用品のショップ……運動で使うものを売ってる店だよ」

咲の通う大学では、特段の事情がない限り、全学部の学生が一年次に体育の講義を履修する。その講義でランニングシューズが必要になったため、こうして買いにきたのだ。

ただの日用品なら谷中でも揃うが、電化製品やスポーツ用品といった専門性の高いものや洋服などは、大きな街に行ったほうが手に入りやすい。

咲はスポーツシューズのある場所を探して、広い店内を見て回った。

目で棚やディスプレイを追っていくと、ふとした拍子に八重樫親子のことを思い出す。主に、勇樹の誕生パーティーのメニューについて……。

料理を頼まれたのはヨシエだが、彼女は咲にもメニューを考えてほしいと言っていたし、一人に任せっきりにするのは申し訳ない。

(でもなぁ……)

勇樹は極端に食べない。あんなに美味《おい》しい『はま』の料理さえ、半分以上残してしまうのだ。

その原因は不明。

好き嫌いや我儘《わがまま》でそうしているのではないことだけは分かる。

八重樫の話ではもともとは食べる子だったようだし、まだ小学生なのに普段から父親の手伝いを進んでするいい子なのだ。

なぜ、勇樹は食べられなくなったのだろう。それが分からないし、どんなメニューにしたらいいかなんて、全く見当もつかない。

考え事をしつつも目的だったランニングシューズを買い、レジに背を向けたその時、咲は店内に見知った人物がいるのに気が付いた。

まさに今まで考え事の中心にいたその人、勇樹の父親・八重樫だ。

「八重樫さん、こんにちは!」

歩み寄って声を掛けると、棚の前で腕組みをしていた八重樫がぱっと振り向いた。

咲の姿を見て、優しく微笑《ほほえ》む。

「春野さん、こんにちは。買い物ですか?」

「はい。八重樫さんもですか」

「ええ。お客さんとの打ち合わせが早く終わったので、会社に帰る前にちょっと寄ってみたんです。僕の会社、有楽町《ゆうらくちょう》なんですよ」

八重樫が見ていたのは野球のグローブが並ぶ棚だった。棚の上には『ジュニアサイズ』というプレートが掛かっている。

この店は、メンズサイズ、レディースサイズ、キッズ・ジュニアサイズと、サイズごとに棚を分けてグローブを置いているようだ。

ジュニアサイズの棚の前にいるということは、どうやら八重樫は自分で使うものを見ていたわけではないらしい。

「実は、勇樹の誕生日プレゼントを選んでるんです」

彼はそう言って、再び棚に視線を戻した。その表情から、かなり真剣に悩んでいることが窺《うかが》える。

「勇樹くん、野球をやるんですか？」

訊《き》きながら、咲も何となく棚を眺めた。

子供用ということもあってか、思いの外カラフルなグローブが多く、見ていて楽しくなってくる。

「いや、勇樹は未経験です。以前からずっと野球がやりたいと言ってたんですが……

元妻が、泥だらけになる野蛮なスポーツは駄目だ、の一点張りでしてね。させてやれなかったんです」

沈痛な口調で八重樫が答えた。

まずいこと聞いちゃったかな、と咲は少し焦《あせ》ったが、彼はすぐに穏やかな微笑《ほほえ》みを浮かべる。

「でも、来月から谷中の少年野球のチームに入ることになったんですよ。だから誕生日プレゼントにグローブを買ってやろうと思って」

「それはいいですね。勇樹くん、きっと喜ぶと思います！」

「はい。野球を始めれば友達もできるかもしれません。どうせならいいのを買ってやりたくて迷ってるんです。……そうだ、春野さんならどれを選びますか？」

「えっ、私ですか？　私の意見なんて参考にならないですよ～」

「いえいえ、こういうのは若い人のほうがセンスがありますから。直感で構いません」

「そうですか……それなら」

咲は改めて棚を見渡した。

すると、眺めている棚の向かい側にも子供用のグローブが並んでいることに気が付く。今見ている棚より置いてある商品の数が断然多い。

しかし、その視線に気が付いた八重樫が、やんわりと首を横に振った。

「ああ、そちら側の棚にあるのは、勇樹の手に合わないんです。なので、こちらの棚から選んでください」

「あ、そうなんですか。なら、えーと……」

迷うふりをしつつ、肩の上に浮いている惣佑をちらりと眺める。彼は棚の真ん中あたりに並べられていたグローブを指さして言った。

「こんなでけぇ手覆《ておおい》、見たこともねぇが、俺ぁこれがいいと思うぜ」

示したのは明るい茶色の革のグローブだ。

黒いステッチが全体を引き締め、手首の位置には同じく黒い色で星のマークがプリントされている。一目見て、咲も気に入った。

「こういうの、どうですか？」

星のグローブを指さしながら振り返ると、八重樫の顔が輝く。

「あ、いいですね。色が明るくて綺麗だ。使いやすそうだし。それにします！」

棚に飾ってあるのは展示用の商品だったため、八重樫は店員を呼んで新しいものを出してもらい、プレゼント用にラッピングも頼んだ。

ついでに、咲もスポーツタオルを二本選んでラッピングしてもらう。このタオルは、咲から勇樹へ贈る誕生日プレゼントだ。

ラッピングが仕上がるのを二人並んで待っていると、八重樫がポツリと言った。

「いいものを選んでくれてありがとう、春野さん」

「えっ！　いえいえ、別に大したことでは……」

年上の男性にかしこまられると恐縮してしまう。

おまけに、今回グローブを選んだのは、咲ではなく江戸時代の幽霊なのだ。もちろん、そんな事実を言えるわけがないが……。

「いいプレゼントも用意できたし、あとは誕生パーティー当日、ですね……」

微笑《ほほえ》んではいたが、八重樫の顔には不安が混じっている。一瞬迷ったが、咲は思い切って口を開いた。

「あの、勇樹くんはまだその……ご飯を……」

「ええ。ほんの少ししか食べません。一緒にテーブルについて、頑張って食べようとはしてくれるんです。でも、途中で手が震え出して、顔もどんどん辛《つら》そうになってきて……一体、なぜなんだろう」

――なぜ。

咲も店内を歩きながら同じことを考えていた。

だが、父親である八重樫は、それこそ同じ問いと何千回も向かい合ったはずだ。それでも、答えが出ない。

（どうしてだろう、どうしたらいいんだろう）

再び心の中を駆け巡り始めた疑問に、咲はやはり、答えを見出すことができなかった。

その夜。

「……なぁ咲。『やきう』って何だ？」

咲がコトコトと音を立てる鍋を見つめていると、惣佑にそう訊《き》かれた。

今は彼の指南で夕食を作っている最中で、あとは鍋の中の煮物が仕上がれば完成だ。

「やきう……ああ、野球のこと？」

「そうだ。さっき店で、あの洗った山午房《やまごぼう》みてぇな親父と話をしてただろ。それから、あの時選んでた手覆《ておおい》は、一体《いってぇ》何に使うんでぃ？　歌舞伎の小道具か何かか？」

洗った山午房とは、八重樫のことらしい。矢継ぎ早の質問に、咲はちょっと首を傾《かし》げた。

「あれ、江戸時代の人たちって、野球やらなかったんだ？」

「少なくとも俺ぁ聞いたことがねぇな。一体何なんでぃ、その『やきう』ってぇのは」

「えーと、野球っていうのは、スポーツ……運動……あれ、ゲーム？　とにかく、何人かの人たちが敵味方に分かれて、走ったり球を打ったりして戦うんだよ」

「走ったり打ったり……？　そりゃ、合戦《かっせん》みてぇなもんか？」

「違うよ。そんな血生臭い感じじゃなくて……」

「どこが違うってんでい？　足軽が走って鉄砲打って、弾《たま》が飛び交うんだろ？　まるっきり合戦じゃねぇか」

「あー、えーと……」

どうやら、江戸時代を生きた惣佑と現代を生きる咲との間に、大きな齟齬《そご》が発生しているようだ。

改めて問われてみると、野球を一言で説明するのは難しい。

どう話せばいいのか悩んでいるうちに、咲はいいことを思いついた。

「そうだ。実際に見てみればいいんだよ！」

口で説明するより実際のプレーを見せるほうがてっとり早い。現代には、家にいながらにして野球を見る方法がある。

「テレビ、テレビ！　この時間、中継してるかなぁ〜」

咲は部屋にあるテレビをつけてみた。

リモコンのボタンを押した途端に液晶画面が明るくなり、惣佑がびくりと身体を震わせる。

「……相変わらずけったいな枠だな。どういうからくりなんでぃ？　いきなり動く画《え》が出てきやがって、心の臓が縮み上がっちまわぁ」

物佑の言う枠というのは、もちろん液晶テレビのことだ。当たり前だが、江戸時代には発明されていない。

出会った当初は咲がテレビをつけるたびに「うわっ！」と大袈裟《おおげさ》に驚いていた物佑だが、最近は渋い顔をする程度で落ち着いている。

「あ、やってた、やってた。物佑、これ見て！」

何度かチャンネルを変えると、民放の局で野球中継が放送されていた。それを見ながら、咲は野球について説明する。

「今、球を投げている人が守るほうのチーム。バット……棒みたいなのを持って立っている人が打者で、攻撃する側ね。ほら、今、打者が球を打ち返したでしょ」

「ああ。そんで、打った球が飛んで、遠くに落ちたな」

「それを拾いに行ったのが守ってる側の人。攻撃するほうは、球が戻ってくるまでの間に決められた場所を走って、元の場所に戻ってこられたら点が入るの」

あまり野球に詳しくない彼女だが、画面を指さして説明したおかげでなんとか伝わったようだ。

「ほーん。だいたい分かった。んで、咲たちがさっき見てた手覆《ておおい》は……これだな」

物佑は画面に映っているピッチャーの左手を指さす。そこには黄色いグローブがはまっていた。

「うん。グローブっていうの。球を取る時、手を保護するのに使うんだよ」

「なるほどなぁ。割と面白そうじゃねぇか。棒切れ持って球を打ち返したら、さぞかし気分がいいだろうな」

「簡単に打ち返してるように見えるけど、素人《しろうと》じゃバットに球を当てるだけでも大変なんだよ。惣佑は、身体を動かすの得意？」

「……俺か？　自慢じゃねぇが足にはちっとばかし自信があるぜ。飛脚のタッと四里の道のりを早駆けで競って、勝ったことがあるしな」

「え、飛脚って、走って手紙を持っていく人でしょ？　そんな人に勝つなんてすごい！」

「ははっ、たいしたこたぁねーよ。料理は腕だけじゃねぇ。体力も必要だからな」

などと話している間に、火に掛けていた煮物が仕上がった。

既にメインの料理はできあがっている。咲はテレビを消し、それらのおかずと、ご飯、味噌汁を盛り付けて、部屋の真ん中の卓袱台《ちゃぶだい》に運んだ。もちろん今日も二人分……咲の分と惣佑の分をちゃんと並べる。

「わー、美味《おい》しそうにできたね！」

並んだ料理を見て、咲の顔は自然と綻《ほころ》ぶ。

今日の献立のメインは、豆腐田楽《とうふでんがく》である。

使ったのは木綿豆腐《もめんどうふ》だ。

まずは豆腐を厚さ一センチ半くらいの短冊状に切る。切った豆腐は布巾《ふきん》で包み、上に皿などを乗せ重しにして半時間程度置き、水気を切っておく。

その間に田楽味噌を作るのだ。

鍋の中に赤だしの味噌、酒、味醂《みりん》、砂糖を加え、混ぜながらひと煮立ちさせるだけでいい。

豆腐の水気が切れたら、胡麻油《ごまあぶら》を引いた鍋の上に一切れずつ並べ、両面がきつね色になるまで中火で焼く。

仕上げに田楽味噌をたっぷり塗ったら完成だ。

副菜には、里芋《さといも》の煮っころがしを作った。

使うのはもちろん里芋。

まずボウルに水を張り、塩を一つまみほど入れ、それから里芋の皮を剥《む》いていく。

芋は剥いたそばから塩水に晒《さら》し、全部剥き終わったらボウルの中の塩水で表面のぬめりを取るように洗って、ざるにあける。

次に、小鍋に剥いた里芋と出汁《だし》を入れる。量は里芋がひたひたになる程度だ。

そこに、酒、醤油、砂糖、味醂を加え、落《お》とし蓋《ぶた》をする。あとは煮汁が染み込んで柔らかくなるまで煮立たせれば、できあがり。

豆腐と里芋《さといも》の他には、小松菜の味噌汁と、出汁《だし》と酢に漬けて軽く揉《も》んだ胡瓜《きゅうり》を添えた。

これで一汁三菜、立派な夕食だ。

「いただきまーす！」

咲はまず、味噌汁に箸《はし》をつけた。

合わせ出汁が味覚を刺激して食欲が湧いてきたところで、メインの豆腐田楽《とうふでんがく》に手を伸ばしてみる。

「あ、これ美味《おい》しい！　ご飯に合う！」

言ってしまえば豆腐を焼いて味噌をつけるだけというシンプルな料理だが、田楽味噌のしょっぱさが淡白な豆腐を引き立てていて味わい深い。豆腐に焼き目を付けたことで歯ごたえが生まれ、肉を食べた時に近い充足感で満たされていく。

豆腐を焼く時に使った胡麻油《ごまあぶら》の香りが最後にふわっと広がって、頬っぺたが落ちそうなほど幸せな気持ちになった。

「美味《うめ》ぇか、咲」

どんどん箸を進める咲の向かい側で、惣佑が目を細めるようにして笑った。咲は一旦箸を止め、大きく頷《うなず》く。

「うん！　いくらでもいけそう」

「豆腐は美味ぇし、いろんな使いみちがあって万能だぜ。俺が生きてた頃は、『豆腐百珍』っつって、豆腐料理ばっかり百通りも載せた本が出回ってたくれぇだ。田楽味噌も便利なもんでよ、茹《ゆ》でた蒟蒻《こんにゃく》につけたっていいし、焼いた魚に塗っても美味ぇ。……ああ、その田楽味噌だがな、赤だしがなきゃ、普通の味噌で作ってもいい。また違った味が出るぜ」

「へー。お魚にも使えるんだね。そっちも美味しそう！」

「じゃあ今度は鱈《たら》でも焼くかい。いや、もう夏だし胡麻鯖《ごまさば》でもいいな。うーむ……」

物佑は首をひねって考え込んでしまった。料理のことになると、こうして人一倍真剣になる。

咲は彼の考え事の邪魔をしないように、静かに里芋を口に運んだ……つもりだったが。

「あっ、うわわっ！」

掴んだはずの芋が箸の間からつるりと滑ってしまった。手で受け止めようとした拍子に身体のどこかが卓袱台《ちゃぶだい》に触れ、上に乗っていた食器がガチャンと派手な音を立てる。

「おいおい、大丈夫かい」

惣佑がすぐさま彼女の横に飛んできた。

幸いにも里芋《さといも》はご飯茶碗の上に落ちて無事だ。卓袱台《ちゃぶだい》の上も、皿が欠けたり、おかずが零《こぼ》れたりしている様子はない。

「私、里芋ってうまく掴めないんだよね。蒟蒻《こんにゃく》とかも駄目……」

咲はご飯の上にちょこんと落ちた里芋を恨めしげに眺めつつ言った。すると惣佑が「ははっ」と笑う。

「里芋はつるつる滑るからなぁ。ま、掴めねぇなら無理して掴むこたぁねぇ。箸《はし》で刺すなり何なりして口に放り込みゃあいい。俺の店に来た客もそうしてたぜ」

「え、江戸時代の人も、箸でお芋を刺して食べたりしてたの⁉」

「俺たちみてぇな町民は気取る必要なんかねぇからな。巷《ちまた》じゃ『重箱の　隅でとどめを　芋さされ』なぁんて歌が流行《はや》ってたくれぇだ。里芋は重箱の隅まで転がしてから、箸で突き刺して食えってな」

「そうなんだ……」

現代と比べると、江戸時代のほうが確実に箸を使う頻度が高いはずだ。だから、江戸時代の人はみんな箸の使い方が上手いのだと咲は思っていたが、実際はそうでもなかったらしい。

「箸で刺すなんて褒められたことじゃねぇが、お大名が集まる席じゃねぇんだぜ？

行儀がどうとかより、食って美味《うま》きゃそれでいいじゃねぇか……って、待ちねぇ」

威勢よく喋《しゃべ》っていた惣佑が突然、ぴたりと黙って真顔になった。咲はそんな彼の顔を覗き込む。

「どうしたの、惣佑」

「箸遣い……そうか。おい、分かったぜ咲！」

「分かったって、何が？」

首を傾《かし》げる咲に向かって、惣佑は自信満々に言い放った。

「決まってるじゃねぇか。あの小僧が、飯を食えなくなった理由さ！」

「えーっ、ホント⁉」

咲は箸を置いて、空中に浮かぶ彼のほうにぐっと身を乗り出した。すると惣佑は、腕を組んで少し険しい顔つきで話し始める。

「あの、小《ちい》せぇ牛蒡《ごぼう》みてぇな小僧は、左利きだ」

「左利き……？　そうだったかな」

山午房が八重樫なら、小さい牛蒡とは勇樹のことだろう。

咲は勇樹の姿を思い出してみた。……が、細くて小柄なことくらいしか浮かんでこない。

そもそも、勇樹とは『はま』で一瞬すれ違っただけなのだ。

「何で勇樹くんが左利きって分かるの？」

「さっき『やきう』してるところを見せてくれただろ。それで分かった」

「へ……野球？」

「ああ『やきう』だ。今日の夕刻、小僧の親父に会った時、あの親父は小僧にやるための『ぐろーぶ』を見てただろ？　あの『ぐろーぶ』は右手にはめる形をしてた」

「えっ、そうだったっけ」

「間違いねぇ。……で、『やきう』を見てて分かったが、『ぐろーぶ』をはめるのは球を投げる手と反対の手だ。つまり小僧は球を投げる時に左を使う、左利きってことだ」

話を聞きながら、咲は上野で八重樫と会った時のことを反芻《はんすう》してみた。

「あー、そういえばあの時、確か八重樫さんは勇樹くんの手に合わないグローブがどうのって言ってたね。あれってもしかして……」

八重樫が見ていた棚には確かに子供用のグローブが並んでいたが、数が少なかった。向かい側の棚のほうが種類も数も多く選び甲斐《がい》があったはずなのに、あえて少ないほうの棚を見ていたのだ。数が多い棚のものは『勇樹の手に合わない』と言って。

世の中には右利きの人のほうが圧倒的に多い。だから、野球の道具もどうしたって右利き用が多くなる。

上野のスポーツ用品店でもそれは同じで、右利き用のグローブに比べて左利き用は数が少なく、棚も分けられていたのではないだろうか。

八重樫は、当然息子がどちらの手でボールを投げるか知っていた。だから左利き用が並べられた棚しか見ていなかったのだ。

「でも……勇樹くんが左利きだったとして、それで何か問題があるの？」

咲が尋ねると、惣佑は眉間《みけん》に皺《しわ》を寄せて何だか難しそうな顔をした。

「これは勘なんだがよ……。山午房親父《やまごぼうおやじ》の話を聞いてるうちに、俺ぁ何となく思ったんだ。あの小僧は、左利きを無理やり右に直されたんじゃねぇか……ってな」

「直された……矯正《きょうせい》されたってこと？」

「ああ。しかもかなりの無理強いだったんじゃねぇかな。それをしたのは、親父と離縁したっていう、小僧の母親だ」

「えぇっ⁉」

母親が、無理強い。

そんな言葉を聞いただけで咲の胸はざわついた。

嫌な予感をはらみつつ、惣佑の話は続く。

「今はどうか知らねぇが、俺が生きていた頃は、武家とか大店《おおだな》の商家みてぇないいとこの子供に、左利きは許されなかった。生まれついた時に左でも、子供のうちに親にしごかれて、みぃんな右に直されちまう」

「江戸時代にも、そういう矯正《きょうせい》ってしてたんだね」

咲は、江戸時代に『利き手の矯正』という概念があったことに少し驚いた。しかも、惣佑の話によればかなり本格的だったようだ。

「特に武家なんかは厳しかったらしいぜ。刀は左に差して右で抜くって決まってっからな。飯食う時だって膳の位置やら作法やらやたら細《こま》けぇから、左利きは御法度《ごはっと》だ。小僧の母親は武家の御新造《ごしんぞ》さまみてぇに躾《しつけ》に厳しかったそうじゃねぇか。そういう母親なら、息子の左利きを無理に直したっておかしくねぇ」

御新造とは妻を意味する言葉だ。

惣佑の話を聞けば聞くほど、咲の胸に嫌な予感が募《つの》っていく。

先ほど、彼は箸《はし》が上手く使えなかった咲に、『お大名が集まる席じゃねぇんだぜ?』と言っておおらかに笑った。

だが逆に『位の高い家』だったら……?

――エリートじゃないあなたには分からない。

勇樹を締め付けるなと意見した八重樫に対し、彼の元妻はそう返したという。

自らをエリートと呼ぶ元妻なら、江戸時代の武家くらい厳しいこともあるのかもしれない。

……ただ、そうなると一つ疑問が出てくる。

「確かに勇樹くんは利き手を矯正されててもおかしくないけど……でも今現在、勇樹くんの利き手は左なんだよね？　球を左で投げるんだから。どういうことなの？　途中で矯正、やめちゃったとか？」

咲のその問いに、惣佑はきっぱりと答えた。

「母親が途中でやめたんじゃねぇ。小僧のほうが耐え切れなくなって、逃げてきたんだろうよ」

「……っ！」

咲は息を呑んだ。

――逃げてきたんですよ。元妻のところから。

八重樫の言葉が、心に深く突き刺さる。

「小僧は利き手を無理やり右に直されてた。だがいまだに左利きが抜けてねぇ。話に聞く限りだが、めっぽう厳しい母親のことだ。直らねぇんなら、直るまで無理強《じ》いするさ。そんな母親が小僧を一番厳しく叱《しか》りつけたのは、おそらく……」

「ご飯を食べる時！」

半ば叫ぶように言った咲に対し、惣佑は深く頷《うなず》いた。

「ああ。利き手を直すんなら、箸を持つ手を躾けるのが一番早《はえ》ぇ」

「じゃあ、勇樹くんがご飯を食べられなくなったのって……」

「十中八九、飯時に母親に叱責《しっせき》されたのが原因だな。おおかた、箸を持つと母親の言葉を思い出して、手が震えちまうんだろうよ」

惣佑の話で、隠れていた真実が浮き彫りになった。

咲は小さな勇樹の姿を思い描き、彼の笑顔が見たいと強く願った。

5

「――さぁさぁ勇樹くん、こっちに来てちょうだい。今日の主役なんだから！」

日曜日。誕生パーティー当日。

定食屋『はま』の暖簾《のれん》をくぐった勇樹は、背中をヨシエに押されるようにして店の中ほどまで入ってきた。その後ろから、父親の八重樫も続く。

「……わぁ！　すごい！」

店の真ん中まできた勇樹は、黒目がちな目を見開き、頬を紅潮《こうちょう》させた。そのままぐるりと店内を見回して、やや興奮した面持《おもも》ちで言う。

「すごい、すごいね！　これ、どうしたの⁉」

勇樹が驚くのも無理はない。今日の『はま』はいつもとまるっきり様子が違う。

まず、普段は二列に並んでいるテーブルが、真ん中に集められて大きな一つのテーブルになっていた。そこに可愛いギンガムチェックのクロスが掛けられている。

壁や天井にはキラキラのモールとともに『お誕生日おめでとう』の文字を象《かたど》った飾りが貼られていて、余った椅子にはクマやウサギのぬいぐるみがちょこんと置いてあった。

八重樫親子が来る前に、ヨシエと咲で飾り付けておいたのだ。

「勇樹くんはお父さんと一緒にここに座って待っててね。……じゃあ、さーちゃん、料理を運びましょうか」

「はい！」

ヨシエは勇樹と八重樫を席に座らせると、店内でスタンバイしていた咲にそっと目配せした。二人で『はま』の調理場に入り、綺麗に盛り付けた皿を手に取る。

「お待たせー。ヨシエさん特製、お誕生日のスペシャルメニューだよ！」

明るい調子で言いながら、咲は大皿を静かに置いた。

その瞬間、勇樹がびくっと身体を固くする。しかし続けてどんどん料理が並べられていくと、小さな瞳がキラキラし始めた。

「さぁ、これが今日のメインよ。気に入ってもらえるかしら」

最後に、ヨシエはガラス製の大きな皿を運んできた。

皿の上に乗っているのは――

「ケーキ！　ケーキだ!!」

とうとう勇樹は興奮して立ち上がる。

「どうかしら。ケーキもおばさんの手作りなのよ」

「うわぁ、おばさんすごい！」

歓声を上げた彼を見て、咲はホッとした。どうやら喜んでもらえているようだ。

傍《かたわ》らを見上げると、惣佑も胡坐《あぐら》をかくようなポーズでニッと笑っている。勇樹の隣では、父親の八重樫が安堵《あんど》の表情を浮かべていた。

「面白い形だね。ちっちゃなケーキが一杯集まってる！」

勇樹はケーキの皿をいろいろな角度から食い入るように眺める。

「そうよ。スポンジケーキをたくさん作って、一つ一つをデコレーションして、積み上げたの。横にピックが入ったグラスが置いてあるでしょ。そのピックで刺して、好きなだけ食べてね」

ヨシエの説明を聞いて、小さな頭が斜めに傾いた。

「ぴっく……？　それって、楊枝《ようじ》みたいに刺すやつ？」

咲は勇樹の肩にそっと手を置き、頷《うなず》く。

「そうだよ、ケーキは手で食べるの。ケーキだけじゃなくて、ここに並んでる料理はみーんな手で食べられるんだよ。今日はお箸《はし》も、フォークやナイフもいらない。だから、一緒に食べよう、勇樹くん！」

――勇樹が食事を取れなくなったことには、利き手の矯正《きょうせい》が絡んでいるのではないか？

咲は惣佑が語ったこの話を自分が思いついたことにして、ヨシエと八重樫に相談していた。

八重樫は勇樹が利き手を矯正されていたことをうっすらと知っていたが、そこまで厳しいものとは思っていなかったらしい。

すぐに元妻に確認を入れたところ、彼が認識していた以上のことが行われていたと判明した。どうやら、離婚後にエスカレートしたようだ。

咲と八重樫の話を聞き、勇樹の背後にあった事情を知ったヨシエは、それを踏まえた上で勇樹でも食べられるメニューを考案した。

それが、今テーブルの上に並んでいる数々の料理だ。

「端にあるのはチーズとオリーブを乗せたカナッペ。その隣はポテトサラダを生ハムで巻いたピンチョスよ。ブロッコリーとトマトは衣《ころも》をつけて串揚げにしたの。竹串の代わりにパスタを使ってるから、ぜーんぶ食べられるわ」

いわゆるフィンガーフードというものだ。

手で持っても汚れない工夫がしてあったり、可愛いピックが刺してあったりする。これならひょいとつまんでパクッと食べられる。

勇樹はハンバーガーやサンドイッチなら口にできると八重樫は言った。それは、食べるのに箸《はし》が必要ないからだ。

だからヨシエはこんなふうに、手だけで食べられる料理を作った。箸を持つと手が震えてしまう勇樹のために。

「勇樹、すごいなぁ。どれもカラフルで美味《おい》しそうだ。ああヨシエさん、この緑色のボールのようなものは何ですか？」

八重樫が勇樹の肩に手を置きながら尋ねた。

「あ、それはクリームチーズなの。クリームチーズに細《こま》かく砕いたアーモンドを練り混ぜて一口大のボールにして、表面に乾燥パセリをまぶしてあるのよ。でね、その隣のおにぎりは、さーちゃんが作ってくれたの！　すごいわよね！」

ヨシエに手放しで褒められ、咲は少し照れつつも言う。

「……おにぎりだけで、ホントにすみません」

メインのケーキとおかずはすべてヨシエ任せになってしまったので、咲はご飯ものを担当することにした。

咲が自分で作れ、手で食べられるご飯ものといえば——日本の伝統食、おにぎりだ。

だが、誕生日のメニューにただのおにぎりではいくら何でも芸がない。どうしようかと悩んでいると、惣佑が助け舟を出してくれた。

「ちょっと変わったおにぎりよね。……焼いてあるのかしら」

おにぎりは咲が自分のアパートで作って『はま』に持ち込んだ。ヨシエはそれを眺めて訊《き》く。

「はい。三角のほうは握ったあと両面を網で焼きました。中には昆布とか、海苔《のり》の佃煮《つくだに》とかが入ってます。丸くて小さいおにぎりは、沢庵《たくあん》とか柴漬けを細かく刻んだものと一緒に握りました。紫蘇《しそ》で巻いてあるんで、そのまま食べてください」

おにぎりを焼くことで表面が固くなり、手で持って食べても崩れにくくなっている。漬物を混ぜ込んだおにぎりは見た目に色鮮やかだ。青紫蘇で巻いたので、風味と持ちやすさがプラスされている。

ちなみに沢庵と柴漬けは自分で漬けると大変なので、お店に売っているものを買って刻んだ。沢庵や柴漬けの代わりに、胡瓜《きゅうり》や野沢菜の漬物を入れてもいい。

どちらのおにぎりも惣佑の指南で作り上げた。

その指南役の彼も、もちろんこの場に来ている。先ほどから天井のあたりをふよふよと漂《ただよ》い、成り行きを見守っているようだ。

「さぁさぁ、パーティーを始めましょ。みんな座って！　飲み物注ぐわね。あ、お絞りで手を拭いて」

一通りメニューの紹介が終わったところで、ヨシエがパンパンと両手を叩《たた》いた。

勇樹を真ん中にして、大きなテーブルの片側にまとまって座る。お絞りで手を拭いている間に飲み物が回ってきた。

さあ、あとは乾杯の音頭《おんど》だ。

「ええ、では……」

全員を代表して八重樫が立ち上がる。

――が、まさにその時。カラカラッと引き戸が開く音がして、誰かが店内に入ってきた。

「……あれ？」

突然の侵入者は、主役である勇樹を差し置いてみんなの視線を独り占めにする。

ふんわりとした癖っ毛にべっ甲縁の眼鏡を掛けた、神経質そうな細身の青年だ。

「あらやだ、久世さん！」

ヨシエがやや裏返った声で叫びながら立ち上がった。

咲はそれで、侵入者の正体をようやく思い出す。この間、店の入り口で体当たりしてしまった、久世という客だ。彼はあの時と同じように、今日もやたらと黒っぽい格好をしていた。

「ごめんなさい久世さん、今日は貸し切りなの。表に貼り紙しておいたんだけど……」

「ああそうなんですか……。気付かずに入ってしまいました。すみません」

久世はヨシエの申し訳なさそうな顔を見て、素直に店を出ていこうとする。しかし、それを八重樫が引き留めた。

「待ってください。あの、もしお時間があるようでしたら、ご一緒にいかがですか？息子の誕生会をやっていたんです。……久世さんでしたよね。あなたもこの店の常連のようですし、よかったらぜひ」

「誕生会……？」

足を止めて振り返った久世は、店内の飾り付けとテーブルに並べられた料理を交互に見つめた。

「ええ。こういうのは人数が多いほうが楽しいですから、お嫌でなければ。代金なんかはすべてこちらで持ちます。どうでしょう」

「久世さん、主催者の八重樫さんもこう言ってるし、よかったら一緒に食べてって」

八重樫とヨシエが笑顔を向ける。

「……では、参加します」

久世は眼鏡のブリッジを長い指でついっと押し上げると、静かにテーブルまで歩いてきて咲の隣に腰掛けた。

(参加するんだ。……ちょっと意外)

咲はそっと隣を窺《うかが》いながら思う。久世の持つクールで知的な雰囲気からして、こういう席に加わるような人物には見えなかったのだ。

そうこうしている間に、彼の分のお絞りと飲み物が用意された。準備が整ったところで、八重樫が改めて口を開く。

「みなさん、今日は集まってくださってありがとうございます。勇樹、誕生日おめでとう！」

そんな挨拶《あいさつ》とともに、グラスが高く掲《かか》げられた。そのあと、みんなで拍手する。

「おめでとう、勇樹くん」

咲がそう言うと、勇樹ははにかんだように笑って「ありがとう、お姉ちゃん」と頷《うなず》いた。

しかし、なかなか食べ物に手が伸びる様子はない。やはり、いささか緊張しているみたいだ。

「勇樹、ほら。ハムとチーズ、好きだろう？」

見かねた八重樫が、勇樹の前にあった小皿にいくつか料理を取り分けた。

(勇樹くん、大丈夫かな……。食べてくれるかな)

咲はハラハラと見守るしかなかった。ヨシエが苦労して作った料理だ。少しでも食べてほしい。

だが、無理強《じ》いはできない。

咲の頭の上では、惣佑も心配そうに勇樹を見つめている。

「……いただきます」

その時、隣で控えめな声が聞こえた。見ると、久世が生真面目《きまじめ》に顔の前で手を合わせている。

しばらくそうしたあと、彼は目の前にある料理に手を伸ばした。長い指が始めに掴んだのは、咲が作った漬物入りのおにぎりだ。

「……ああ、これは美味《おい》しい」

一口味わうと、久世はしみじみと言った。咲は思わずぐっと身を乗り出す。

「ホ、ホントですか！　それ、私が作ったんです！」

幽霊の指南は受けたけど……と心の中で付け足す。

「うん。ただのおにぎりだと思ってたのに、漬物の歯ごたえが斬新で、本当に美味しいなぁ」

美味しいという言葉を重ねて、久世はふっと眼鏡の奥の目を細めた。

その途端、彼を取り巻いていたクールな雰囲気はたちまち薄れ、咲ははっと息を呑む。

「ぼくも、おにぎり、食べたい」

咲がぼうっとなっていると、小さな小さな呟《つぶや》きが、真ん中の席から聞こえてきた。

「勇樹、今、何て……？」

おずおずと訊《き》き返《かえ》した八重樫に、今度は力強い声が応える。

「ぼくもおにぎり、食べたい！　お父さん、おにぎり取って！　あと野菜も！」

「……勇樹！」

八重樫は声を詰まらせつつ、勇樹の幼い身体を抱き締めた。ありったけの力を籠《こ》めて。

「ごめんな勇樹。お父さん、勇樹が無理やり右利きにさせられてることを、そんなに深刻に考えてなかったんだ。ごめん」

「……ぼくが左手でお箸《はし》を持つと、いつもお母さんやお祖父《じい》ちゃんは行儀が悪いって、そんなんじゃ駄目だって言うの。直そうとしたけど、上手くできなくて……。それでご飯食べる時はいつも怒られてる気がして……それでぼく……」

「もう誰も怒らない。好きなほうの手を使っていいんだ。怒る人がいたら、お父さんが怒り返してやる」

「……うん」

「お腹《なか》が空《す》いただろう？　今日は手で、思い切り食べよう」

「うん！」

勇樹の身体を離し、八重樫はおにぎりを二つ皿に取り分けた。

そこへ、目にたくさん涙をためたヨシエが、野菜の串揚げを一本差し出す。

「勇樹くん、ほら、お野菜。ケーキもあるわよ。そうだ、ろうそくもあるんだわ。あとで火をつけて、ふーってしましょう！」

「わーい。ケーキ！　ケーキ！」

「食べ終わったらいいものがあるぞ。誕生日プレゼントだ」

「ホント⁉　やったー！」

勇樹ははしゃいで笑い、それから大きく口を開けておにぎりをパクッと頬張った。

（……よかった！）

その様子に、咲は心の底から安堵《あんど》した。安心しすぎて、思わず涙がこみ上げてきそうになる。

「あの小僧はもう大丈夫みてぇだな、咲」

天井付近を漂《ただよ》っていた惣佑が、彼女の背後に下りてきて太鼓判を押すように言った。

今この場で、勇樹は箸を使ったわけではない。彼の小さな心は、まだ完全に解きほぐされていないだろう。

だけど、いい方向に行きそうな気がする。いや、きっとよくなるはずだ。本当に本当に、よかった！

……などと、咲が温かな余韻に浸《ひた》っていられたのは少しの間だけだった。

（あれ……？）

不意に、隣から強い視線を感じる。べっ甲縁の眼鏡越しに、咲を見つめる鋭い目。……久世が、なぜかじっと咲のほうを凝視していた。

「あの、何か、私の顔についてますか？」

咲が首を傾《かし》げると、彼ははっと我に返ったように肩を震わせ、すぐに視線を逸《そ》らす。

「……いや、何でもない」

「はぁ……そうですか」

何なんだろうこの人、と咲が再び首を傾げた時、勇樹のひときわ大きな歓声が上がった。ケーキのろうそくに火が灯《とも》ったのだ。

「勇樹、おめでとう！」

「勇樹くんこっち向いて、写真撮るわよ！　ほら、さーちゃんと久世さんも入って！」

ケーキの前で勇樹が嬉しそうにはしゃぐ。それを見て、八重樫とヨシエが笑う。

笑顔の輪は咲たちにも広がり、やがて店の中全体が、晴れやかな空気に包まれていった。

二品目　蕎麦《そば》問答

1

「いただきまーす！」

しっかり両手を合わせたあと、咲は傍《かたわ》らの割《わ》り箸《ばし》をぱきっと割った。

目の前にあるのは、温かい蕎麦。上に山菜の煮付と真っ白なとろろが乗っている。

器の上から覗き込んだだけでふわりと濃いつゆの風味が漂《ただよ》ってきて、とても美味《おい》しそうだ。

――が、これは惣佑の指南で作った料理ではない。

ここは咲の通っている大学の学食。この『山菜とろろ蕎麦』は学食で提供されているメニューだ。

「美味《うま》そうじゃねぇか」

咲の頭上を漂いながら、惣佑が言った。

「でしょ？　このお蕎麦は美味しいって評判なんだよ」

あたりを見回したあと、咲は小声で答える。

幸いなことに学食内は混み合っていて、彼女たちを気にしている者などいないようだ。これなら幽霊と会話していても怪しまれることはないだろう。

「しっかし、すげぇ人だな。板場がやたらでけぇのも頷《うなず》けるぜ」

惣佑は学食の中をひと睨《にら》みして「はぁーっ」と感嘆の溜息を吐《つ》いた。

この学食はセルフサービスの食券方式で、まず食券を買い、カウンターで券と引き換えに料理を受け取って、好きなテーブルで食べる。食べ終わったあとは、返却口に自分で食器を返す。

要するに、ショッピングモールや高速道路のサービスエリアにあるフードコートと同じ仕組みだ。

調理場で料理を作って食器を洗うだけで、配膳はしない。サービスが少ない分、多くの人数を捌《さば》け、商品の単価が安くなる。経済力に限度のある学生が多く集まる学食にうってつけの方式というわけだ。

咲が通っているのは、お茶《ちゃ》の水《みず》にある私立大学である。

都心にしては広いキャンパスの中に、文系から理系まで十の学部が揃っており、通っている学生の人数も多い。

その人数に対応するために、学食はとても広かった。当然、調理場も規模が大きい。

咲が食券を買ったり料理を待ったりしている間、惣佑は調理場を一人でふよふよと見学していたのだ。そのせいか、先ほどからやたらと「すげぇ」を連発している。

咲は温かい蕎麦《そば》を食べつつ、彼をここに連れてきてよかったと思った。

普段、彼女が大学に行く時、惣佑はアパートで『留守番』をしている。それは咲の勉強の邪魔をしないという彼なりの気遣いだ。

大学では講義を聞いたり友人と過ごしたりといろいろ都合があるので、この気遣いはありがたい。

四月に大学に入学して、咲には何人か親しい友人ができた。とりわけ仲がいいのは、入学後のオリエンテーションで隣の席になった加藤遥香《かとうはるか》という同級生だ。

咲と遥香は選択している授業がほとんど同じで、大学にいる時はたいてい二人一緒に過ごしている。昼休みも毎日のように連れだって学食に行くのが定番だ。

しかしその遥香は、昨日から大学を休んでいる。彼女の祖母が体調を崩して入院したのだ。

数日前、田舎《いなか》で暮らす遥香の祖母は肺炎になり、病院に担《かつ》ぎ込《こ》まれてしまったらしい。

実家の両親から連絡を受けた遥香は、大学をしばらく休んで高齢の祖母のもとへ駆けつけることを決めた。

というわけで、咲は一週間ほど大学で一人の時間を過ごすことになった。そこで、惣佑と一緒に来てみるか、と思い至ったのだ。

講義を受けている時は退屈そうにしていた彼だが、学食の調理場を見て大いに満足しているようである。

咲は安心しつつ、出汁《だし》と醤油《しょうゆ》がきいた蕎麦《そば》をゆっくりと味わっていた。

この山菜とろろ蕎麦は、学食で一番の人気メニューと言われている。実際に食べてみるとその理由がよく分かった。

まず、蕎麦の豊かな風味を一口目でしっかり感じる。おそらく、ちゃんとした蕎麦粉を使っているのだろう。

つゆは濃い目で、蕎麦や具材によく絡む。そのつゆを少し吸ったとろろは、すりおろし加減が絶妙で喉越しがよかった。山菜はしゃきしゃきしていて、さっぱりと味わえる。

これにお新香がついて四百二十円。何とも学生に優しい値段設定だ。

「俺が生きてた頃も、蕎麦は人気の食い物《くいもん》だったんだぜ。寿司、天ぷら、鰻《うなぎ》と並んで、蕎麦は『江戸の食の四天王』の一つさ。江戸っ子と言やぁ蕎麦、蕎麦と言やぁ江戸っ子よ。あったけぇ蕎麦もいいが、俺ぁ『盛り』だな。せいろに盛られた蕎麦を箸《はし》でつまんで、つゆにちょいとつけ、ずずっと一気にする。これが江戸っ子の粋な食い方ってもんだ」

咲のまわりを漂《ただよ》う惣佑は、昔を懐かしむ口調で言った。しだいに興が乗ってきたのか、話はさらに続く。

「江戸にゃいろんな食い物屋があったが、蕎麦屋は特に数が多かったな。一町ごとに店があって、小腹が空《す》いたらちょいと寄るんだ。それこそ毎日のように食ってた奴もいたぜ。二八蕎麦っつってな、二かけ八の十六文で、一杯の蕎麦を出すんだ」

ちなみに、一町というのは約百メートルである。

こういう話を聞いていると、咲は何だか勿体《もったい》ないなーと思う。

リアルに江戸時代を生きた人の話なんて普通は聞けない。自分よりも、歴史の研究をしている学者などに聞いてもらったほうが役に立つ気がする。

そんなことを考えているうちに、最後の一口を食べ終えた。

一緒に席に持ってきていたお茶もすべて飲み干してから、「ごちそうさまでした！」と手を合わせる。

「咲、このあとはどうするんだ？」

席を立って食器を返却口に返すと、惣佑が訊《き》いてきた。咲は学食の出入り口までゆっくり歩きつつ「うーん……」と頭をひねる。

今日は本来なら、午前中に二コマ、午後に二コマ講義があるはずだった。だが午後の一コマ目、つまり三限目が教授の都合で休講になってしまったのだ。四限目は通常講義なので、ぽっかりと間が空《あ》いている。

(図書館にでも行こうかな……)

「おい、咲」

(それとも大学のまわりをちょっと散歩してみるとか……)

「咲、前だ！ 前見やがれ」

「……え？」

はっと気が付くと、惣佑がしきりに前方を指さしていた。

そこに立ち尽くしていたのは——べっ甲縁の眼鏡を掛けた黒っぽい服装の青年。

「き、君は——」

銅像のように硬直した彼の手から、ばさばささっと大量の書類が舞い落ちたのは、その一瞬あとのことだった。

「——君はここの大学に通っていたんだね。……びっくりした」

隣でそう言われて、咲は思わず頷《うなず》いた。

「私もびっくりしました。まさかここで久世さんと会えるなんて！」

学食の前で出会ったのは、最近ヨシエの店で一緒になった、久世という常連客だった。何と、彼も咲と同じ大学に通っていたのだ。

ただし、咲は大学一年――つまり学部生だが、久世は文学部の大学院生だという。

「僕はあまり学食のほうへは行かないんだ。普段いる研究棟は、校舎が別だから。今日はたまたま教授の頼みで学生課に書類を取りに行ってて……」

学生課は、学食の向かい側にある。

たまたま出向いた場所に咲がいて、驚いた彼は持っていた書類を派手に床にぶちまけた。

撒き散らされた書類は、ゆうに百枚。

咲はすぐに彼を手伝ってそれらを拾い集めた。何となく、自分にも責任の一端があるような気がしたのだ。

書類が無事に手元に戻ると、久世はお礼にコーヒーを奢《おご》ると言い出した。

最初は遠慮していた咲だが、「研究室にコーヒーマシンがある。それならほとんどタダみたいなものだから」とさらに言われたので、最終的には頷いたのだった。

そういうわけで、久世と咲は今、研究棟の静かな廊下を歩いている。

六月の終わり。

外は小雨《こさめ》がぱらつく曇り空だ。

梅雨《つゆ》で少しムシムシしているのに、今日の久世は黒っぽい長袖シャツに同色のパンツという黒尽くめの服装だった。暑苦しい気がするが、本人の表情は至ってクールである。前回咲が会った時も似た感じだったので、もしかしたら黒い服しか持っていないのかもしれない。

いっぽうの咲は、袖が少しふんわりとした若草色の半袖ブラウスに、膝丈の白いフレアスカートを合わせていた。普段は下ろしているボブヘアは、ピンを使ってすっきりとまとめ髪にしている。おかげで、首元が涼しい。

ちなみに、惣佑は咲の後ろを飛んでついてきている。久世が隣にいるのでどうしても放ったらかしになってしまうが、さほど退屈した様子はない。

「研究棟に来るのは初めて？」

歩きながら、久世が訊《き》いてきた。

「はい。外から見たことはありましたけど。中はこういうふうになってたんですね」

咲たちの通う大学はキャンパス内に校舎が幾つか建っていて、そのうちの一つが今いる研究棟だ。

普段講義が行われる棟と、院生や教授たちが研究をするこの棟は完全に分かれていて、大学に入学したばかりの咲にとって、研究棟は縁がない場所だった。ここに出入りするようになるのは、三年生になってゼミが始まってからだ。

やがて久世が一つのドアの前で立ち止まった。そこに『文学部教授・外崎《そとざき》源《げん》太郎《たろう》研究室』というプレートが掲《かか》げられている。

「ここが、僕の所属している研究室だよ」

久世に導かれ、咲は室内に入った。

部屋の中には誰もいない。昼休みで、久世以外の研究室メンバーは昼食を取りに行っているようだ。

「うわぁー、本が一杯ですね！」

久世が一番奥のデスクに書類を置きにいっている間、咲は室内をきょろきょろと見回した。

まわりは本の海だ。窓のある奥の壁を除いた三方が、天井まである本棚に覆《おお》いつくされ、その棚の中に本がぎっしりと詰まっている。

さらに、室内に点在するスチールデスクの上にも本や書類が山積みになっていた。

さすがは文学部の研究室だ。

部屋の片隅には申し訳程度の応接スペースがあり、ソファセットやテレビが設置されている。

中に足を踏み入れた途端、惣佑がぱっと本棚に向かって飛んでいくのが見えた。江戸時代から存在する幽霊にとっても、この本の山は見ごたえがあるのだろうか。

「何だか難しそうな本ですね。えーと……しょ……」

咲は手前のデスクに置いてあった本のタイトルを読もうとしたが、読み方が分からなかった。漢字四文字のタイトルだ。

部屋の奥にいた久世が隣にやってきて、代わりに読み上げる。

「諸艶大鑑《しょえんおおかがみ》。井原西鶴《いはらさいかく》が書いた本だよ。この研究室では、元禄《げんろく》文化や、その時期の文学作品を研究してるんだ」

「元禄文化……」

彼の言葉を反芻《はんすう》しつつ、咲は首を傾《かし》げていた。

大学入試の時に彼女が選択した科目は、日本史ではなく世界史だ。『元禄文化』や『井原西鶴』という言葉に聞き覚えはあっても、既に記憶が薄れている。

そんな咲の様子を見て、久世が補足するように口を開く。

「元禄文化は、江戸時代前期の元禄年間に上方《かみがた》――大阪《おおさか》・京都《きょうと》から広がった文化だよ。井原西鶴はその元禄文化を代表する作家だね」

「久世さんも、井原西鶴を研究してるんですか？」

「いや、僕のテーマは――芭蕉《ばしょう》」

「芭蕉ってあの……俳句の？」

「そう。芭蕉も元禄文化を代表する一人なんだ。卒論も芭蕉だった。去年大学院に入ってからは彼の弟子も追いかけてる。……咲さんは、どこの学部？」

「私は、商学部の一年生です」

そう答えて、咲ははたと気付いた。

彼女と久世は、ほぼ初対面に等しい。

ヨシエの店で顔を合わせた時に何となく互いの名前を知っただけで、正式に自己紹介をしていないのだ。

「私、まだちゃんと名前を名乗ってませんでしたよね」

そう言うと、久世は少し戸惑った様子で頭に手を当てた。

「ああ、うん……君が『咲』って呼ばれてるのを聞いて……。気安く名前を呼ぶの、よくなかったかな」

「いいえ、構いません。あの……春野咲です。改めて、よろしくお願いします」

「久世穂積《ほづみ》。こちらこそ、よろしく」

眼鏡の奥にある目がふっと細くなった。

このほんの些細《ささい》な笑みが、久世の外見から放たれるクールな雰囲気を一瞬にして和《やわ》らげる。

改めて不思議な人だな、と咲は思った。

先ほどの話によると、久世は大学院の二年目。無浪無留なら、年齢は二十四歳になるはずだ。しかしもっと下……二十歳くらいにも見えるし、落ち着いているので三十代だと言われても、ああそうかと納得してしまう。

彼の黒い服や鋭角な顔のラインだけ見て、咲は最初、冷徹な科学者みたいだと思ったが、少し話をしてその印象は変わった。微笑《ほほえ》んだ顔におおらかさを感じるし、やや淡白な口調でも、見た目よりずっと話しやすい。

「久世さんって、ヨシエさんのお店の常連さんなんですか？」

自己紹介が済んだところで訊《き》くと、久世は軽く頷《うなず》いた。

「割とよく行っているほうだと思うよ。あの店は自宅に近いんだ」

「じゃあ久世さんのお家も谷中なんですね。私も四月から谷中に住んでるんです。三崎坂の近くなんですけど」

「僕の家は、七面坂の近くなんだ。近所だね」

「そうですね。私、ヨシエさんに昔からとてもお世話になってるんです。これから『はま』でもよく会うかもしれないですね」

「そうだね……と、ごめん、立たせっぱなしだった。そこのソファーに座って。そろそろコーヒーを淹《い》れよう」

「あ、はい」

久世に促《うなが》され、咲は研究室の隅にあるソファーセットへ足を向けた。

「ちわーっす！」

横合いからやたらと大きな声が割り込んできたのは、まさにその時だ。

三河屋《みかわや》です～、と続きそうな掛け声とともに姿を現したのは、金色に近い髪をツンツンに逆立てた男子学生風の人物だった。

その金髪が、室内にいた咲と久世を見て斜めに傾く。

「あっれー、久世先輩、その子誰っスか？」

ソファーに座りかけていた咲は、慌てて姿勢を正してぺこりとお辞儀した。

「はじめまして。春野咲です」

「へー、咲ちゃんって言うんや。何、この大学の子ォ？　研究棟では見かけへん顔やし、ゼミ生とか院生ちゃうやろ？　何年生？　何学部？」

怒涛《どとう》のような関西弁だ。しかも矢継ぎ早に質問を繰り出しながら、彼は咲にぐんぐん近づいてくる。

どうやらかなり親しみやすい……言い方を変えると、軽いタイプらしい。

「私は、商学部の一年生です」

「一年生！　現役合格やろか⁉」

「はい、そうですけど」

「ふわーぉ！　じゃあついこの間まで女子高生やん。いやぁ、若さってええな。あやかりたいから拝《おが》んどこ」

彼はそのまま目を閉じて、本当に拝《おが》み始《はじ》めた。咲が慌てて止めようとすると、すぐにカッと目を見開く。

「俺、奈良原豪《ならはらごう》っちゅうねん。文学部の四年で、この研究室のゼミ生や。よろしゅうな、咲ちゃん」

「はぁ」

奈良原はニッと悪戯《いたずら》っ子のような笑みを見せたあと、久世のほうを振り返る。

「で、久世先輩は咲ちゃんとどういう関係なんスか？　まさか……彼女？」

話を振られた久世は苦笑した。

「……咲さんは僕の家の近所に住んでるんだ。たまたま同じ大学で、さっき向こうで会ってちょっと世話になったから、お礼かたがたコーヒーでもと思って、ここへ案内したんだよ」

「何や、色っぽい話やないんかい。いやーでも、久世先輩に研究室以外で知り合いがおったなんて、俺はそれだけでびっくりや。先輩は普段から、孤高の一匹狼を決め込んでるからな」

「孤高の、一匹狼……？」

奈良原の言葉に、咲は思わず眉を顰《ひそ》めた。

「ええ!?」

「せやで。久世先輩はクールっちゅうかなんちゅうか、あんま感情を表に出さへんやろ。何でも一人でマイペースにこなしよる、よぉ分からん人なんや」

奈良原の言いたいことは何となく分かる。咲もつい今しがた、久世を不思議な人だと感じたばかりだ。

もっとも、久世は狼というより猫に見える。細い身体で静かに歩く、気まぐれなロシアン・ブルー。

「せやせや先輩。今夜は何時くらいまで研究室に残ります？」

奈良原は先ほどまで咲が座ろうとしていたソファーにどんと腰掛けながら、久世にそんな質問をした。

「僕は再来週の定例発表会の準備があるから……とりあえず夜の十時くらいまではいる予定だけど」

「せやったら晩飯もここで食べますやろ。アレ、先輩の分も注文しときますわ。今夜は外崎教授の奢《おご》りやし、豪勢に天ぷらでいいっスかね」

「奈良原くんに任せるよ」

「あいあいさー！」

二人が交わしているのは、研究室にいる者しか分からない会話だ。置いてけぼりの咲に向かって、久世が言った。

「研究で夜遅くなることが多くて、時々教授が夕食の出前を取ってくれるんだよ。たいてい、奈良原くんの店を使うんだ」

「え、奈良原さんのお家は食べ物屋さんなんですか？」

　すると、奈良原の顔がぱっと明るくなる。

「せやで。うちは祖父《じい》ちゃんの代からこの大学のすぐ裏で『たぬき庵《あん》』っちゅう蕎麦《そば》屋《や》をやっとるんや」

「へー、お蕎麦屋さんなんですね」

「咲ちゃんもそのうち食べに来てや。……可愛いから、値段負けとくで」

「えっ」

「俺の彼女になってくれるんやったらタダやで。どや？」

「え、えっと、定価で食べに行きます……」

　どうやら奈良原は、初対面で抱いた印象の百倍以上軽い人間らしい。そんな彼の猛攻は、まだ止まらない。

「つれへんなぁ咲ちゃん。せや、ならお近づきのしるしに、ちょっと洒落《しゃれ》たカフェにでも行こうや。俺、この界隈《かいわい》詳しいから案内したるで」

「いいえ、いいです……」

「損はさせへんて。ちょっとだけ。な？」

「えーと……」

あまりのしつこさに、いい加減うんざりし始めた。その時――

「セクハラはそこまでよ、奈良原！」

鋭い声が飛んできた。

振り返ると、戸口に女の人が立っている。長い黒髪の似合う、すらりとした美人だ。

「げっ、美智琉《みちる》！　あ痛《い》てっ！」

黒髪美人は奈良原の金髪頭を「天誅《てんちゅう》よ！」と一発はたき、すかさず久世を振り返った。

「久世先輩も、突っ立ってないでバカ奈良原を止めてください。女の子が困ってるじゃないですか」

「ああ、ごめん……何だか、口を挟む暇がなくて」

久世はしどろもどろになりながら詫《わ》びた。突然登場した美人に、男性陣はことごとく圧《お》されっぱなしだ。

「奈良原のバカが迷惑掛けてごめんなさいね。大丈夫だった？」

「あ、はい」

美しい顔で優しく訊《き》かれ、咲は思わず姿勢を正して頷《うなず》いた。

「あたしは森尾《もりお》美智琉。美智琉って呼んでね。文学部の四年で、ここのゼミに入ってるの。このバカ奈良原とは、残念ながら同級生」

　美智琉はバカと残念にことさらアクセントを置く。はたかれた頭を押さえていた奈良原が、ソファーから立ち上がってすぐに口を挟んだ。

「残念ながらって……何やそれ。そらこっちの台詞《せりふ》や」

「バカ原は黙ってて」

「『バカ奈良原』を勝手に略すな。っつうか、バカちゃうわ！」

　漫才みたい……

　そう思ったが、当然口になど出せない。そんな咲の耳元で久世がそっと囁《ささや》いた。

「この二人、いつもこんな感じなんだよ……」

　美智琉はそのまま奈良原とやいのやいのと言い合っていたが、しばらくして咲に向き直る。

「バカに気を取られて訊《き》くの忘れてた。あなたは誰？」

「商学部一年の、春野咲です」

「僕の知り合いだよ。家が近所なんだ」

　横から補足したのは、もちろん久世だ。

「あらそうなの。よろしくね、咲ちゃん。あぁ、この研究室に来る時は、バカ奈良原に気を付けないと駄目よ。バカと似非《えせ》関西弁が移るから」

美智琉のその言葉に、咲は耳を疑った。

「似非……？　奈良原さんって、関西出身じゃないんですか？」

答えたのは奈良原自身だ。

「ふっ、咲ちゃん甘いで～。俺、苗字は奈良原やけどな、生まれも育ちも東京や。さっき言うたやろ。祖父《じい》ちゃんの代からお茶の水やから、バリバリの江戸っ子やで」

「じゃあ、その関西弁は……」

呆然と呟《つぶや》く咲に向かって、美智琉が肩を竦《すく》める。

「奈良原は適当にそれっぽく喋《しゃべ》ってるだけよ。本当の関西弁とはイントネーションが全然違うもの。……あんたねぇ、その似非関西弁、いい加減にやめなさいよ」

そう言って、奈良原を睨《にら》みつけた。しかし彼は全くひるまず、ニヤニヤと茶化すような笑みを浮かべる。

「ホンマうるさいのぅ、美智琉は。シワ増えるで。咲ちゃんの若さを見習いや」

「何ですって⁉」

「しゃあないやろ。うちの店は関西から蕎麦《そば》の修業に来る料理人が多いから、どうしても言葉が移ってまうねん。別にええやん、通じるんやし」

「よくない！　仮にも文学部の学生なんだから、方言を捏造《ねつぞう》するのはどうかと思うわ」

「あーあー、美智琉はちょい堅すぎやわ。そんなんやからモテへんねん。顔だけはええのに」

「うるさいわね！」

「まぁまぁ、二人とも……」

これ以上言い合ったら喧嘩《けんか》になりそう……と咲が思ったところで、久世が割って入った。

彼はべっ甲縁の眼鏡を溜息交じりに押し上げつつ、二人の顔を代わる代わる見比べる。

「そうだ、森尾さんは今夜も研究室に詰めるんだよね。教授が蕎麦《そば》の出前を取ってくれるそうだよ。どうする？」

（ナイスです、久世さん！）

いいタイミングでの話題転換に、咲は心の中で拍手した。

が——

「久世先輩、美智琉にそれ訊《き》いても無駄やで」

奈良原の顔つきが険しくなる。咲は、今までより余計、雰囲気が悪くなったように感じた。

「どういうことだろう……」

久世は完全に困惑し、こともあろうに咲の顔を見つめてくる。だが部外者である彼女は、久世以上にどうすることもできない。

凍ってしまった室内で、真っ先に口を開いたのは奈良原だ。

「おい美智琉。一応訊くけどな、お前今日、俺んちから出前取るか？」

名指しされた美智琉は、俯《うつむ》きがちながらもはっきりと首を横に振る。

「……あたしは、いらない」

「こういうことですわ、久世先輩。……こいつ、蕎麦嫌いやねん」

奈良原は顔を顰《しか》めて「はーっ」と大袈裟《おおげさ》に溜息を吐《つ》き、ソファーにドカッと腰を下ろした。

「あーあ、蕎麦食われへんなんて勿体《もったい》ないわー、美味《うま》いのに。しかも俺んちの蕎麦は、そんじょそこらの店に負けへんで」

「仕方ないでしょ。……苦手なんだもの」

美智琉は忌々《いまいま》しそうな顔で呟《つぶや》いた。その表情からして、蕎麦にいい感情を抱いていないのが窺《うかが》える。

「去年も俺んちから蕎麦取ってたのに、お前そん時は普通に食うてたやん」

「無理してたのよ。本当は苦手だったんだけど、外崎教授が蕎麦好きだから……仕方なく」

「さよか。まぁ無理強《じ》いしてもしゃあないわ。なら美智琉は自分でテキトーに晩飯用意してや。……さぁて、こない怖い女なんか放っといて、俺はベンキョーでもしますかね！」

奈良原は吐き捨てるように言い放つと、傍《かたわ》らに置いてあった自分のリュックから何かを取り出し、ごそごそとテレビに近づいた。

しばらくすると、突然、画面がぱっと明るくなる。

『どうも〜、浪速《なにわ》の親父コンビ、淀川《よどがわ》エージと』

『カンジですー。よろしゅうたのんますー！』

テレビ画面の向こうで、派手な色の背広を着た二人の男性が笑顔を振りまき始めた。一本のマイクの前に二人で立ち、大仰な身振りと話術で笑いを誘っている。

……何度瞬《まばた》きしても、どこからどう見ても、それは『漫才』だ。

奈良原は漫才のＤＶＤを再生しているのだった。こともあろうに、大学の研究室のテレビで。

「ぶははっ、浪速の親父コンビ、サイコーや！」

テレビからどっと笑い声が漏れ、同時に奈良原も腹を抱えて笑い転げる。あまりの光景に、咲と久世はどちらからともなく顔を見合わせた。

と……その時。

「こんなもの、ここで観ないで」

美智琉が長い髪を振り乱してリモコンを取り上げた。次の瞬間、ぶちっと音を立てて画面がブラックアウトする。

「うわっ、何するんや美智琉ー。見とったのに！」

奈良原はソファーにふんぞり返って文句を言った。

「研究室でこんなもの見たら駄目じゃない。ここは勉強をする場所よ！」

「堅いこと言いなや。それにお前がちゃんとした方言使え言うから、これ見て研究しようとしてるんやんか」

「言い訳しないで。とにかく、この部屋でこんなもの見ないでよ」

「お前に命令する権利ないやろ」

「命令とかいう問題じゃなくて、あたしは研究室でお笑いのＤＶＤ見るのがおかしいって言ってるの。バカ奈良原！」

一旦は収まったように見えた言い争いが再び始まった。今度という今度は、誰も止められそうにない。

呆然と目の前の諍《いさか》いを眺めている咲に、久世がそっと近づいてきて申し訳なさそうに言った。

「……咲さん、ごめん。これじゃ落ち着かないから、コーヒーはまた今度でいいかな」

「あっ、はい」

咲は言い争う二人からそっと離れる。

そこへ、すいーっと惣佑が近づいてきた。あまりに大人しくて存在を忘れるところだったが、どうやら今までずっと、研究室の中にある本を眺めていたらしい。

惣佑は唾を飛ばしてやり合う奈良原と美智琉を見て、ポカンと口を開けた。

「おい、ずいぶん派手な喧嘩《けんか》じゃねぇか……。ここまでの喧嘩、いくら江戸の町でも百年に一度だぜ」

2

「……あの青臭《あおくせ》ぇネギみてぇな野郎、悪い奴じゃなさそうだったな」

その日の夕方。そんな惣佑の呟《つぶや》きを聞いて、キッチンに立っていた咲は思わず噴き出しそうになった。

「青臭いネギって、まさか久世さんのこと？」

「ああ、九条ネギだ、九条ネギ！　最初は何だかこう……気難しくて冷てぇ野郎かと思ったけどよ、意外にのんびりした感じのいい奴だったじゃねぇか」

「まぁ、そうだね……」

小鍋の中身をかき回しつつ、咲は惣佑に相槌《あいづち》を打つ。

彼の言う通り、咲も今日一日で久世に対するイメージが変わった。

というより、今までよく知らなかったのだ。正確には『人となりを少し知った』というところだろう。

「それに、あの本がやたらある部屋も面白そうだったぜ。なぁ咲、今度また、本のある場所に連れてってくれねぇか」

咲の傍《かたわ》らで、惣佑がやや身を乗り出して言う。

「え、惣佑ってそんなに本が好きなの？」

「……そういうわけじゃねぇが、ちっとばかし、俺が生きてた頃のことが書かれた本を見てみたくてよ」

「ああ……」

彼は咲と出会った時に『黒船はどうなった？』と訊《き》いてきた。それは咲が調べて伝えたが、他にも何か知りたい出来事があるのだろう。

最近は咲も、惣佑が生きていた時代——江戸時代のことを知りたいと思うようになっている。どういう暮らしをして何を食べていたのかが分かれば、もう少し彼の力になれるかもしれない。

「分かった。じゃあ今度図書館にでも行ってみようよ」

「ああ、頼むぜ、咲」

惣佑は口角を上げて微笑《ほほえ》んだ。しばらくそうしたあと、ふと真顔に戻る。

「しっかし……九条ネギはともかく、あの毬栗《いがぐり》みてぇな頭した野郎は、心根が浮ついた与太郎《よたろう》だな。咲、ああいう男には気を付けろよ」

「与太郎って何……？」

「ああ、間抜け野郎のことでぃ。落語じゃ、そんな役回りの野郎は決まって与太郎って名前なのさ。あの毬栗、まるっきり与太郎じゃねぇか」

「毬栗って、奈良原さんのこと？　惣佑ってよく、人を野菜に例えるよね」

「野菜だけじゃねぇぜ。似てるもんがありゃ、魚やら鳥やらにも見立てらぁ。……人相は食《く》い物《もん》に例えるのが一番覚えやすいからな。ま、料理人のさがってやつだ」

「ふーん。まぁ、別にいいけど」

適正な例えとはとても思えなかったが、青臭いネギと言われて、咲も久世の姿が真っ先に浮かんだので間違っているとも言いづらい。

久世の、ひょろりと細くて少し血色が悪い感じは、確かにネギに似ているのだ。本人には言えないが。

そう思いつつ鍋をかき回していると、咲の手元を覗いていた惣佑が言う。

「それより鍋ん中、そろそろいい頃合いじゃねぇか？」

「ホントだ、いい香りがする！　じゃあ、火を止めるね」

奈良原と美智琉の言い争いは気になったが、あのあと咲は研究室を出て、残った四限目の講義を受け、谷中に帰ってきた。

彼らについて咲ができることがあるとは思えない。

駅からアパートに戻る途中で材料を買い、いつものようにこうして惣佑の指南を受けて夕食を作っているところだ。

鍋の中でほどよく煮詰まっているのは、田楽味噌《でんがくみそ》。手順はこの間、豆腐田楽を作った時と全く同じで、ほぼ混ぜるだけである。

「よし、次は魚だな」

「うん！」

咲は大きく頷《うなず》いて、傍《かたわ》らに視線を落とした。

そこに置いてあるのは胡麻鯖《ごまさば》の切り身だ。惣佑の指示で、あらかじめ表面に塩を振ってある。

今日の夕食のメインは、この鯖。

これに田楽味噌を塗って焼く。

「鯖は煮ても焼いても美味《うめ》ぇが、多少臭みがある。一手間掛けてやると、その臭みが綺麗に抜けるんだぜ」

「一手間って、どうすればいいの？」

「さっき鯖《さば》に塩を振ったろ？　まずはそうやって水分を少し出してやるのさ。次にやるのが『霜降《しもふ》り』だ。これをやるのとやらないのとじゃ、味に格段の差が出る」

「霜降り……？」

「ああ。なぁに、簡単だ。まずは湯を煮立つ直前まで沸かしな。小鍋に半分くらいの量でいい。それから、鯖は深めの器に入れておきねぇ」

「分かった」

　言われた通り、小鍋に水を張って火に掛ける。量が少ないのですぐに湯気《ゆげ》が立ってきた。

　すかさず、次の指示が飛んでくる。

「湯が沸いたら、それを鯖の切り身に掛け回すんだ。……火傷《やけど》すんなよ」

　咲は器に入った鯖の切り身を菜箸《さいばし》で押さえながら、慎重にお湯を掛けた。もうもうと湯気が立ち、そこにほんのりと鯖の磯臭《いそくさ》さが混じる。

「色が白っぽくなったろ？　そしたら水に晒《さら》して鯖の表面を洗いねぇ。ぬめりを落として血合いを洗い流すのさ。こうやって湯で魚の表面を洗って臭みを取るのが『霜降り』ってんだ。鯖みてぇな青魚の他に、鰤《ぶり》だの鰈《かれい》だの、たいがいの魚で同じやり方ができっから、覚えとけよ」

「はーい」

水洗いして綺麗になった切り身を皮目を下にしてまな板の上に置くと、身がつやつやと輝く。もうこれだけで美味《おい》しそうだ。

「あとは田楽味噌《でんがくみそ》を片面に塗って、焼くだけだ。飯は炊けてるな？」

「うん、炊けてる。お味噌汁もできてるし、他のおかずもバッチリ！」

今日のメインは鯖の田楽味噌焼きだが、帰りがけに『はま』の前を通った際、ヨシエに会って煮豆とほうれん草の胡麻《ごま》和えをもらったので、それを副菜にした。

あとはご飯と、朝作った若布《わかめ》の味噌汁の残り。これが今日の夕食のすべてだ。

「もうできちゃった。こんなに楽でいいのかな」

グリルの中から焼き上がった鯖を取り出して皿に乗せ、咲は少し肩の力を抜く。

言うなれば、今日は魚を焼いただけだ。その魚も切り身を買ったので、包丁を全く使っていない。

魚料理と聞いて、捌《さば》くところからやるものだと思っていた彼女としては、一安心のいっぽうで微妙な罪悪感のようなものが湧いてくる。

すると、惣佑がニッと口角を上げて笑った。

「いいじゃねぇか。簡単にできるならそれに越したこたぁねぇよ。捌いた魚が売ってんなら、胸張って使やいい」

「でも、江戸時代の人って、もっと苦労してたんじゃないの？」

「そうでもねぇさ。俺たち料理人はともかく、長屋暮らしの連中はあんまし料理をしなかったぜ。長屋にゃ台所なんてねぇし、菜切《さいぎ》り包丁一つ持ってねぇ奴もいたくらいだ」

「自分で料理しないで、ご飯はどうしてたの？」

「そりゃ、売ってる物を買うのさ。棒手振《ぼてふ》りっつってな、いろんな物を天秤棒で担《かつ》いで売り歩く連中がいたのよ。そいつらは狭い路地まで入ってくっから、長屋の入り口から声を掛けるんだ。できたての菜《さい》を売る奴もいれば、魚河岸《うおがし》から来る魚売りもいる。言えばその場で魚を捌《さば》いてくれるんだぜ。だから長屋の連中が自分ですることなんて、ほとんどねぇ。せいぜい、買った魚をちょいと焼くくれぇだ」

「へー、意外！」

「江戸の町は出稼ぎに来る野郎が多くて女が少なかったからなぁ。独り身の野郎が腹を膨らますってぇと、さっき言ったみてぇに棒手振りから買うか、俺の店みてぇな飯屋に食いにくるかの、どっちかだ」

江戸時代は何につけても今より手間が掛かったはずだと思い込んでいたが、どうやら違うようだ。

家の中から声を掛けるだけでおかずや捌いたばかりの魚が買えるなんて、今のスーパーやコンビニよりも便利かもしれない。

現在、外食で済ませるか、買ってきたものを家で食べるだけという生活をしている単身者は都内にどれほどいるだろう。それは今に始まったことではなく、昔からずっとそうだったのだ。

「いただきまーす！」

いつものように、二人分の食器を折り畳み式の卓袱台《ちゃぶだい》に並べ、手を合わせる。

メインの鯖《さば》は、この間、谷中銀座商店街で買った四角い皿に乗せた。皿には一匹の猫が描かれていて、食べ物を乗せると何だか絵になる。ご飯茶碗も猫柄なので、猫尽くしだ。

惣佑には笹の葉の柄が入った皿を買った。シックな和の雰囲気が、おかずを引き立ててくれる気がする。

盛り付けを目で楽しんだあと、いよいよ咲は箸《はし》を手に取った。

そのまま鯖を一口噛むと、まず田楽味噌《でんがくみそ》の独特の濃厚な風味がふわっと口の中を突き抜けていく。同時にジューシーな魚の旨味《うまみ》がじわりと広がり、咲は思わず顔を綻《ほころ》ばせた。

「うわ～、美味《おい》しい！　簡単にできたのに、すごく美味しい！」

田楽味噌がついてない鯖の皮は、また別の味わいがある。

夢中になって食べていると、ふと惣佑と目が合った。彼は顎《あご》に片方の手を添えて、箸を動かす咲を優しく見つめている。

出会った当初、咲は彼の前で一人で食事することに戸惑いを覚えていた。

惣佑は一口も食べられないのに、目の前で自分だけ味わってしまっていいのだろうか……。そんな罪悪感に似た感情が込み上げていたのだ。

だが、惣佑は『俺が教えた料理を作って食べる咲を見ているだけで満足さ』と笑った。

惣佑の笑顔はまっすぐだ。その笑顔が、いつも咲の心の奥を柔らかく刺激する。

志半《こころざし》ばで命を散らし、百六十年以上実体のない姿で彷徨《さまよ》っていた彼に対して、同情めいた言葉は薄っぺらい。

だから咲にできるのは、少しでも多く彼とキッチンに立ち、腕を上げること。そして、一緒に作った料理を美味《おい》しく食べることだ。

「美味しかったー。ごちそうさまでした！」

綺麗に食べ終わった食器に向かって、心を込めて手を合わせる。

メインの鯖《さば》だけでなく、ヨシエからもらった総菜もとても美味しかった。

「なぁ咲、ちっと『てれび』つけてくれねぇか？」

食後のお茶を飲んでいると、惣佑が言った。何だかそわそわ、わくわくしているように見える。

「あっ、そうか。もうすぐ七時半だよね。あの番組かー」

咲は壁に掛けてあるお気に入りの時計を見上げ、リモコンを手に取った。すかさず惣佑が液晶画面に向かって身を乗り出す。

「ありがとよ。さぁ《あ》て、今日は何を作るんでぃ？」

最近、咲が家を空ける時はテレビをつけっぱなしにしておくことが多くなった。

在宅を装《よそお》って空き巣を防ぐという防犯の目的もあるが、主な理由は、留守番をしている惣佑を退屈させないためだ。

彼のお気に入りはもちろん、料理番組である。なので、咲は大学に行く前に携帯電話でテレビ番組表を調べ、料理番組が多く放送される局にチャンネルを合わせてから家を出ることにしていた。

惣佑が自分でリモコンを操作できれば一日中料理番組を楽しんでもらえるのだが、そうはできないのが少しもどかしい。

とはいえ、気を付けて見てみると料理を扱う番組の頻度はとても高く、グルメ系の情報番組まで入れると扱われない日はないほど充実している。

惣佑がとりわけ熱を入れて見ているのが、ウイークデーの夜七時半から放送される『季節のおかずクッキング』という番組だ。

和食を多く取り扱っていて、昔ながらの基本的なメニューを丁寧に解説しているのがお気に入りのポイントらしい。

「あ、別の番組がやってる。まだちょっと早かったね」

テレビには、何人かの芸能人が映っていた。『季節のおかずクッキング』の一つ前の番組のようだ。

『今日は最新の癌《がん》治療と、癌を予防するための方法についてみなさんと学んでいます。このあたりでゲストにお話を伺いましょうか。淀川さん、今日はいろいろな話を聞いてどう思いましたか？』

画面の中で、メタルフレームの眼鏡を掛けた男性が、隣に座っていた初老の芸能人に話を振る。どうやら今放送しているのは、健康について取り扱った番組らしい。

『そうですなー。個人的な話になって申し訳ないんやけど……』

話を振られた初老の男性に、カメラのズームが寄る。それを見て、惣佑が「ん？」と首を傾《かし》げた。

「今喋《しゃべ》ってるこの親父、どっかで見掛けたな。下膨《しもぶく》れの瓜《うり》みてぇな顔に見覚えがあらぁ」

そう言われて、咲もテレビに映っている人物をよく見てみた。

「あぁ、このおじさんは、淀川カンジさんっていうお笑い芸人だよ。昼間、久世さんの研究室にあったテレビにこの人が映ってたね」

　奈良原が突然見始めたＤＶＤに映っていた、お笑いコンビの一人だ。惣佑はあの時室内で本を眺めていたはずだが、何かの拍子にちらりと目にしたのだろう。

「この瓜みてぇな親父、昼間見た時は二人でいただろう。確か、脂《あぶら》の乗りすぎた鯰《なまず》みてぇな顔した相方が一緒だったよな。そいつぁどこ行った？」

　惣佑の言う通り、テレビに映っているのはカンジ一人だけだ。ＤＶＤの中で小気味よいボケを飛ばしていた相方の姿はどこにもない。

「えーと確か、カンジさんの相方のエージさんって、病気になっちゃって、今はお仕事を休んで療養してるみたいだよ……」

　浪速《なにわ》の親父コンビ『淀川』の淀川エージとカンジは、大阪のお笑い界の古株だ。二人とも還暦に近い年齢だが、オーソドックスな漫才で、今でも若手に負けない人気を保っている。

　コンビの結成はもともとエージの発案で、ネタを出したり実質的なリーダーシップを取っているのも彼だったが、数か月前、そのエージに病《やまい》が発覚した。

　病名は胃癌。

　それ以降、エージは療養に入っている。

　幸いなことに癌は初期のもので、今は相方のカンジがエージの復活を待ちつつ一人で仕事をこなす日々だ。

咲は漫才コンビ・淀川のファンではなかったが、数か月前にエージが療養に入った際、テレビで取り上げられているのを見て、詳しくなったクチである。

彼女が知っていることを惣佑に伝えている間も、画面の向こうでカンジが話を続けていた。

『所属してる芸能事務所のお偉いさんにせっつかれましてな、僕ら芸人みんなで、少し前に健康診断を受けたんですわ……。胃カメラは辛《つら》いし、しかもあれこれ再検査になってもうて、もう、えらい手間やった』

『再検査もきっちり受けられたんですか？』

こう尋ねたのは、先ほどから番組の司会進行をしている眼鏡の男性だ。おそらくテレビ局のアナウンサーだろう。

カンジは大きく頷《うなず》いたあと、少し表情を険しくした。

『再検査してもろたら、僕は異常なしやったんやけど……相方のエージに癌《がん》が見つかってもうて。今療養中ですねん』

『そうでしたね。お見舞いには行かれましたか』

『行った行った！　病気の割に、あいつ元気やったわ。癌言《ゆ》うても初期やからな。早《はよ》う検査してホンマよかったわ！　あー、テレビの前のみなさん。面倒でも健康診断は受けなあかんでぇー」』

『我々もエージさんの復帰を待っています。大阪のお笑いに、淀川のお二人は欠かせませんからね』

『せやせや。僕らの大阪愛は誰にも負けへんで！』

カンジが笑顔で締めて、話題は次に移った。

咲は一連の流れを何となく追いつつ、お笑いコンビ淀川について考える。

彼ら二人はとにかく地元の大阪が好きで、自治体の観光大使などを引き受けていたりするらしい。還暦に近い彼らが、手でハートマークを作り『ラブ・大阪！』と叫んでいる姿を、咲もテレビで見たことがあった。

男性アナウンサーが言った通り、漫才コンビ・淀川は大阪には欠かせない存在だ。

しかし今はエージの入院によって、地元をアピールする活動も停滞気味になっているようである。

「大坂……上方か。俺も行ったことがあらぁ」

一緒にテレビを見ていた惣佑がポツリと呟《つぶや》いた。

「え、惣佑、それホント？　いつ行ったの？」

咲は少し驚いて尋ねる。

交通網が発達している今なら東京と大阪の往復にさほど手間は掛からないが、話は江戸時代のことだ。行くだけで大変だっただろう。

それに、実は咲自身、大阪には行ったことがない。純粋に興味が湧いてきた。

「俺がまだ料理人の修業をしてた時だ。江戸の飯もいいが、上方の食い物も美味《うま》かったぜ。同じ料理でも、江戸とはあれこれ違ってよ」

「どんな違いがあったの？」

「そうさなぁ。まずいろいろと呼び名が違った。江戸じゃ『煮る』って言うのを、上方じゃ同じやり方を『炊く』って言う。江戸じゃ鰻《うなぎ》は背から開くが、上方は腹から開く。江戸の角餅に上方の丸餅、汁気のないぜんざいと粒餡《つぶあん》の汁物。他には……」

と、そこまで話が進んだところで、テレビから軽快な音楽が流れてきた。健康番組が終わり、『季節のおかずクッキング』が始まる。

「おっ、始まったぜ！」

惣佑は話をやめて、オープニングの曲に耳を傾けた。

番組で今日取り上げる料理は『つくねと大根の炊き合わせ』らしい。

「ほー、はー、つくねの種が余ったら、海苔《のり》で挟んで天ぷらにする……なるほどな。こいつぁ酒のアテにもってこいじゃねぇか」

テレビにかじりついて、真剣な顔つきをしている惣佑。

そんな彼の横で、咲は改めて思った。

（惣佑は、ホントに料理が大好きなんだなぁ……）

3

「どや。割と洒落《しゃれ》た店やろ？」

咲の向かい側で、毬栗頭《いがぐりあたま》がぴょこぴょこと揺れた。

「こんなお店、大学の近くにあったんですね……」

そう言いながら、咲は隣をそっと見上げる。

「……すごい店だなぁ」

さらに彼女の隣では、ふんわりとした癖っ毛の下の眼鏡が、チラチラ光っていた。

「ほらほら咲ちゃん、メニュー見て好きなの頼みや。久世先輩はもっと愛想よう笑ってぇな。雰囲気イケメンが台なしやで。それに、女の子をもてなす気持ちが足りてへん！」

一人張り切っている奈良原に対し、咲と久世は揃って溜息を吐《つ》く。

「はぁ……」

三人が再び顔を合わせることになった切っ掛けは、一通のメールである。

『改めてコーヒーをごちそうしたいので、空《あ》いている日があれば教えて。場所は学食でいいかな』

研究室で喧嘩《けんか》に巻き込まれた翌日、咲の携帯電話に久世からこんな内容のメールが届いた。

あの言い争いの中でも、咲と彼はなんとかメールアドレスの交換をしていたのだ。些細《ささい》な約束なのにきっちり果たそうとするなんて律儀な人だなぁと思いつつ、咲はすぐに返信した。

『今日は講義が三限までなので、そのあとなら。場所は私も学食がいいと思います』

学食はお腹《なか》にたまるしっかりしたメニューの他に、コーヒーや紅茶、ケーキなども扱っている。値段も安く、奢《おご》るほうも奢られるほうもさほど気兼ねしなくて済む。

というわけで話はトントン拍子に決まり、その日の午後三時に、咲は久世と学食で落ち合うことになった。

ちなみに、昨日は咲にくっついて大学までやってきた惣佑だが、今日はアパートに残るというので留守番だ。もちろん、テレビをつけっぱなしにしてきている。

約束の時間になり、咲は学食に出向いた。

勝手知ったる場所で顔見知りに会うだけなので気楽に……と思っていたのに、意外な人物が久世と一緒だった。

それが、奈良原だ。

「久世先輩が咲ちゃんと会う言《ゆ》うから、俺もついてきてん。せやけど、話聞いてたまげたわ。女の子に奢るもんが学食のコーヒー？　センスなさすぎやろ。っちゅうわけで、これから俺がお洒落《しゃれ》なカフェに連れてったる！」

こちらから尋ねたわけではないのに、奈良原はついてきた理由をしれっと語り、しかも勝手に行き先を変更していた。先輩であるはずの久世さえ口を挟めない有様だ。当然咲も意見などできず、気が付けば奈良原ご贔屓《ひいき》の『お洒落なカフェ』に連れてこられ、三人でテーブルを囲む羽目になっていた。

「咲ちゃん、このケーキなんかどうやろ。フォトジェニックやで」

「ふぉ、ふぉとじぇにっく……」

ケーキを味わう前に、舌を噛みそうである。

「ここは和風カフェやから、デザートはみんな和菓子テイストなんや。軽いフードもあるし、ランチにも使えるで。次はランチタイムに来よか。……俺と二人で」

「いや、いいです」

きっぱりと断って、咲は店の中を見回した。

和風カフェというだけあって、店は日本家屋を模して作られている。入り口には暖《の》簾《れん》が掛かっており、窓には障子がはまっていた。

席はテーブル席だが、椅子のシートは井草でできていて、丸い形のテーブルはどこか卓袱台《ちゃぶだい》風だ。

さらに、席と席の間は屏風《びょうぶ》状のもので簡単に仕切られており、隣にいる客の姿が見えないようになっている。店のターゲットは若い女性らしく、内装はきらびやか且つ華やかだ。

ただ……少々やりすぎだった。

和風を意識しすぎているのか、あちらこちらに番傘や手毬《てまり》などの小物がゴテゴテとこれ見よがしに置かれている。壁紙には菊や桔梗《ききょう》の模様がちりばめられていて、それ自体は綺麗なのだが、模様の面積が大きすぎていささかうるさい。

その壁紙の上に、おそらくはレプリカの浮世絵が何枚も貼られていて、もうどこを見たらいいのか分からないほどとっ散らかった印象である。

「……何だか背中がむずむずする」

久世が居心地悪そうに何度も姿勢を正す。彼もこの店には初めて来たらしい。

無理もないと咲は思った。

何せ店のターゲットのど真ん中にいる咲でさえ、気後《きおく》れしてくらくらするのだ。

それに、屏風で席が区切られているのも何となく窮屈に感じる。

恋人同士で来店したならこのくらい周囲と隔《へだ》てられているほうがいいのかもしれな

いが、そうでない組み合わせで席についている場合はいたたまれない。

「そうそう、蕎麦《そば》も置いてんねん、ここ。俺は蕎麦にしてみようかな」

神妙な顔つきの咲と久世をよそに、奈良原は一人ご機嫌だった。

提供されるメニューはだいたいが抹茶《まっちゃ》や餡《あん》や餅が使われた和風デザートだが、食事になるものも少し扱われている。

そのフードメニューの中に、奈良原の言う通り、蕎麦をメインにしたランチがあった。

「奈良原さんのお家はお蕎麦屋さんなのに、別のお店でお蕎麦を食べるんですか？」

蕎麦なら自分の家で食べられるのではないだろうか。ふと疑問になって咲が尋ねると、彼はニヤッと歯を見せて笑った。

「はっはっは、甘いで咲ちゃん。蕎麦屋の息子やからこそ、他の店のを食うんや。ま、研究みたいなもんやね。俺、将来店を継ごう思てんねん。ライバルになりそうな店の味を確かめとくんも仕事のうちや」

「……なるほど、敵情視察か。じゃあ奈良原くんは、来年卒業したらよそに就職しないでそのまま実家に入るのかな」

今度は久世が訊《き》く。背中のむずむずは収まったようだ。

「そのつもりですわ。去年からぼちぼち店の手伝いもしてんねん。ま、今はバイトも兼ねてって感じやけど」

ヘラヘラした態度の割に、奈良原の言っていることはまともだ。不真面目そうに見えるのに、きちんと将来のことを考えているのも意外に思える。

咲は将来のことをまだあまり真剣に考えたことがなかった。入試を乗り越えて大学に入学したばかりで、それどころではなかったのもある。

しかし、いつかは奈良原のように考えなくてはならない。

（将来かぁ……）

ぼんやりとそんな単語を頭に思い浮かべていると、やたら明るい声で思考が寸断された。

「お待たせしましたぁー。『小粋な蕎麦《そば》ランチ・歌川広重《うたがわひろしげ》仕立て』で〜す！」

着物風の制服を着た女性店員が、隣のテーブルへ料理を運んでいくところだ。屏風《びょうぶ》で隠れていて見えないが、隣の客はどうやら蕎麦を注文したらしい。

「……歌川広重仕立て？」

久世が首をひねっている。そうしたくなる気持ちは咲にも痛いほど分かる。

やがて、些細《ささい》な名称の問題など吹き飛ばしてしまうくらい能天気な店員の声が聞こえてきた。

「薬味はネギと柚子胡椒《ゆずこしょう》でーす。七味もお好《この》みでどうぞ。お冷《ひや》のおかわりを注ぎますね。……あぁっ！」

突然、がしゃあぁんと派手な音がした。

同時に、屏風の向こうがばたばたとせわしなくなる。店員がお冷のグラスを落としたようだ。

「すみませんっ、すみません。ああっ、零《こぼ》れたのが床に広がっちゃう！　お隣のお客様、失礼します！」

悲痛な声とともに、席と席を仕切っていた屏風がぱっと横にずれた。

開《ひら》けた視界に飛び込んできたのは、焦《あせ》る店員と、こちらと同じく乙女チックなテーブル席、そして――

「あれ……美智琉？」

席についていた客の顔を見て、奈良原が呟《つぶや》いた。

呼ばれた美智琉がはっと顔を上げる。二人の表情が凍りつくまで、さほど時間は掛からなかった。

「おい美智琉。お前、何で蕎麦注文してんねん……」

彼女の目の前に置かれているのは、くっきりした醤油色《しょうゆいろ》のつゆに浸《つ》かった温かい蕎麦だ。あれだけ『嫌い』と言っていたはずの……

「どういうことや、これ」

奈良原は美智琉のテーブルに歩み寄り、そこを静かに見下ろした。

グラスの処理をしていた店員が一歩身を引いてしまうほど、険悪なムードが場に漂《ただよ》い始める。

咲と久世も、呆気に取られて動けない。

「こ、これは、その……」

美智琉は俯《うつむ》いて口ごもった。その彼女のすぐ横に、奈良原の拳《こぶし》がドンと振り下ろされる。

「お前いっつも、蕎麦《そば》が苦手やから俺んちの出前は取らないって言うてたやんか。あれ、嘘やったん？」

「う、嘘じゃないわよ。蕎麦は……苦手」

「でも現にこうやって食おうとしてるやん。去年は普通に食うてたし、ホンマは嫌いやないんやろ？」

「ここの蕎麦は大丈夫なのよ」

すると、奈良原は大きく溜息を吐《つ》いて美智琉を見つめた。

「ここのはよくて、俺んちの蕎麦は食えん——そういうことか？」

「……ええ、そうよ」

「美智琉、お前……」

「奈良原。あんたの店の蕎麦だけは無理なのよ。悪いけど、食べたくないの。どうしても……」

美智琉は声を振り絞るように言った。

そんな彼女に、奈良原は驚くほど冷たい眼差《まなざ》しを向ける。

「よぉ分かった。お前、そこまで嫌いやったんやな。……俺のことが」

「あ……当たり前でしょ。普段からヘラヘラして、ゼミをサボってばかりの不真面目な学生なんて、見てるだけでうんざりする。その似非《えせ》関西弁だって、聞くのも嫌なの。奈良原の家の蕎麦も、無理」

「さよか。うんざりか……」

彼女の拒絶を受け止めた奈良原は、怒るどころか逆に微笑を浮かべた。何もかも諦めた……そんな表情だ。

「努力もせずに将来が決まってるあんたに……、帰りたい時にすぐ帰れる家があるあんたに、あたしの気持ちなんて分からないわよ。ごめん……ちょっと気分がよくないから、外に出る。店員さん……申し訳ないけどお会計はこれで。金額はピッタリあります」

最後にそれだけ言うと、美智琉はテーブルの上にお札と硬貨を置いて足早に去ってしまった。

その場に気まずい沈黙と、手を付けられていない蕎麦が残される。

「咲ちゃん、久世先輩……すまん。俺、腹減ってないし帰るわ」

やがて奈良原もフラフラと店を出ていった。

そこでようやく、店員がそそくさとグラスの処理を再開する。

「……昨日に続いてややこしいことに巻き込んでしまって、ごめん」

隣の席が片付き、横にずらされていた屏風《びょうぶ》が元の位置に戻ったあたりで、ようやく久世が口を開いた。

咲は慌てて首を横に振る。

「久世さんが悪いんじゃないですよ。……でも、奈良原さんたち、心配です」

「うん。あの二人はよく丁々発止《ちょうちょうはっし》とやり合っているけど、今回のは少し深刻だなぁ」

久世の言う通りだ。

奈良原と美智琉のことをあまりよく知らない咲にも、先ほどのやり取りは本気だと分かった。何だか、二人の間に決定的な亀裂が入ってしまったようにも感じる。

「森尾さんと奈良原くんは、去年揃ってうちのゼミに入ってきたんだけど、ことごとく対照的なんだ。勉強にあまり熱心でない奈良原くんに比べて、森尾さんは真面目で、まだ学部生なのにここ最近は毎日夜遅くまで研究室に籠《こも》ってる」

久世は眼鏡を押し上げつつ溜息交じりに言った。

「毎日ですか、大変ですね」

「森尾さんは大学院への進学を希望していて、今は院の入試の勉強と卒論を同時に進めているからどうしても忙しくなってしまうんだ。……僕もそうだったから、大変さは分かるよ。しかも大学院へ進むための費用は自力で賄《まかな》うらしくて、勉強の合間にあちこちでアルバイトまでしてるからね」

「自力で学費って……そんなに無理して、大丈夫なんですか?」

「森尾さんも無理は承知だと思う。僕はあまり詳しくは聞いてないんだけど……どうも彼女の親御さんが、院への進学を反対しているみたいなんだ」

夜遅くまでの勉強と、アルバイト。しかもどちらも手を抜けない。咲にとっては考えただけで目が回りそうだ。

美智琉は先ほど、去り際にこう言った。

『努力もせずに将来が決まってるあんたに……、帰りたい時にすぐ帰れる家があるあんたに、あたしの気持ちなんて分からないわよ』

あれは彼女が抱える苦労の果てに出てきた台詞《せりふ》なのだろう。

奈良原と美智琉。大学四年の二人は今、それぞれ岐路に立っている。咲も、時期が来ればそうなるはずだ。

そんなことを考えていると、久世がふと咲の顔を見つめた。

「咲さんは、今日は、ずっと一人？」

「……え？」

久世の言っている意味が分からず、咲は一瞬首を傾《かし》げたが、すぐにピンとくる。おそらく、大学で一緒に過ごす友達の有無を聞いているのだ。

「いつもは同じ学部の友達と一緒にいるんですけど、その子、入院したお祖母《ばあ》ちゃんのお見舞いで、今週一杯は田舎《いなか》に帰ってて……」

咲の言葉を聞き終えた彼は微妙な顔つきで、曖昧《あいまい》に頷《うなず》いた。

「……そうか」

4

『——咲～～！　お祖母ちゃんが明日退院できることになったよ。よかったあぁ～～。来週からまた大学に行くね☆』

田舎に帰省している友人の遥香からこんなメッセージが届いたのは、その日の夕方だった。

既に大学から帰宅していた咲は、ベッドに寝っ転がった姿勢で返信を打つ。

『退院決まってよかったね！　実家からの移動大変だろうけど、大学で待ってるよ〜』

遥香の実家は北海道《ほっかいどう》だ。行ったり来たりするだけでも、相当手間が掛かる。

しかし、遥香は祖母のためにその大変な道のりの往復を選んだ。大学を休んでまで。

『ホント、うちって遠いんだけど、でも帰ってよかったよ。実は、ちょっとだけホームシックになってたんだ。テレビとかで北海道の光景見ると、うわーって涙出そうになっちゃうくらい。だから家に帰って和《なご》んだよ〜。お祖母ちゃんも喜んでくれたしね☆』

そこでメッセージのやり取りは終わった。咲はベッドに置いてあった枕を抱き締めて、ぽつりと呟《つぶや》く。

「ホームシックかぁ……」

すると、テレビでグルメ情報を見ていた惣佑が、空中を飛んですいーっと近づいてきた。

「おい咲、何でぇ、その『ほーむしっく』っつうのは」

「故郷とか家が恋しくなっちゃうことだよ。親元を離れて暮らしてる人とかが、そうやって切なくなるの」

「はーっ、要するに里心がつくってことか」

「うん。私の友達が、そのホームシックにかかっちゃってたみたい」

進学のために上京してそろそろ三か月経つが、幸いにも咲は家が恋しくて寂しいと思ったことはない。

もともと東京には叔父や『はま』のヨシエがいる。遥香と友達になれたし、久世とも知り合えた。

何よりも大きいのは、惣佑の存在だ。

彼はつかず離れず咲の傍《そば》にいる。もはや一緒に料理をすることが当たり前になっていて、寂しくなる暇などない。

いっぽう、遥香は遠い北海道から上京して一人で暮らしている。慣れない土地での生活と祖母への心配が重なれば、家が恋しくなるのも無理はない。

「遥香──私の友達は、テレビで故郷の景色を見るだけで悲しくなっちゃったみたい。ねぇ惣佑、江戸でもホームシックにかかる人、いたの？」

「そりゃあ、いたさ。俺が生きてた頃は、咲よりもうんと子供の時分から親元を離れて奉公に行くのが普通だったんだぜ。一旦奉公に出ると、滅多なことじゃ家に帰れねぇ。ふるさとの夢を見ちまって、親恋しさに布団の中で泣く奴がごろごろいたもんだ」

「惣佑も泣いた？」

「いや。俺ぁもともと天涯《てんがい》孤独《こどく》ってやつだったからよ。両親《ふたおや》は俺がまだ乳飲み子の頃に死んじまったし、兄弟もいねぇ」

「あ、そうなんだ……」

惣佑の家族の話を、咲は初めて聞いた。

考えてみれば、彼について知っていることは少ない。まともに聞いたのは、彼が江戸時代からこの世を彷徨《さまよ》っている料理人の幽霊であることくらいだ。

ふよふよと飛び回る姿だけで説明としては十分足りるので、今まではその先を聞こうとは思わなかった。

だが、惣佑だって幽霊になる前はいろいろな人と関わっていたはずである。咲が今現在、そうやって生きているように。

関わった人の中には、友人や……もっと大切な人もいたのではないだろうか。

「惣佑。じゃあ、お嫁さんは？　結婚はしてなかったの？」

おずおずとそう訊《き》くと、彼は軽く微笑《ほほえ》んで首を横に振った。

「ははっ、嫁はいねぇよ。包丁研いで鍋かき回してる間にこの姿になっちまったんでなぁ。……そんなことより咲は大丈夫かい。その『ほーむしっく』とやらは」

「うん、私は平気だよ」

惣佑がいるから、とは気恥ずかしくて言えない。

代わりに咲は、今日、和風カフェの中で起こったことを一通り話した。主に、奈良原と美智琉の間に入ってしまった亀裂についてだ。

話が終わると、惣佑は胡坐《あぐら》をかくようなポーズで浮かびながら「うーん」と唸《うな》る。

「あの切りたての大根みてぇにしゃきっとした別嬪《べっぴん》は、蕎麦《そば》が食えねえわけじゃなかったんだな」

大根に例えられているのは美智琉のことだろう。

切りたての大根を美人に結びつける感覚が、咲にはいまいちピンとこない。けれど、とりあえずこのまま話を進めることにする。

「分からねぇな。あの別嬪は何で『毬栗《いがぐり》の店の蕎麦《そば》』だけを避けるんでぃ」

惣佑の言う通り、一番の疑問はそこだ。

美智琉は蕎麦が食べられないわけではないのに、なぜ奈良原の店の蕎麦を避けているのか……

「奈良原さんの店のお蕎麦が、特別に不味《まず》いとか？」

咲が疑問半分に言うと、惣佑がきっぱりと首を横に振った。

「いや、そいつぁねぇな。あの九条ネギや浪速《なにわ》弁の毬栗は普通に食ってるんだろ？不味かったらみんな見向きもしねぇはずだ」

確かに、奈良原の店の蕎麦は研究室の教授にも気に入られている。となると、問題は味ではないということだ。

「じゃあやっぱり、美智琉さんは奈良原さんのことが、すごーく嫌いなのかな?」

いつもヘラッとしていて少し軽い奈良原と、真面目で勉強熱心な美智琉。

二人はもともと正反対だった。

加えて、卒業後の進路が既に確保されている奈良原を、苦労人の美智琉が快《こころよ》く思えないのは仕方ないのかもしれない。

だが、それでもわざと奈良原の店の蕎麦だけ避けるのはやりすぎな気がする。咲にはどうしても、美智琉がそんな嫌がらせじみたことをするとは思えないのだ。

彼女の行動には何か深いわけがある。それが分かれば、今日二人の間に入ってしまった亀裂を修復して元通りにできる可能性は高い。

咲は、昼間奈良原が見せた、すべてを諦めたような表情を思い出した。

このままの状態でいいはずがない。お節介なのは分かっているが、なんとかしたい。

だけど、どうしたらいいのか……

「なぁ咲、毬栗の蕎麦屋がどこだか分かるかい」

悶々《もんもん》と考え込んでいた咲は、惣佑のその声で我に返った。

「奈良原さんの店?　大学の裏だって言ってたから、行けば分かると思うけど……何で?」

問い返すと、彼はニヤッと口角を上げてこう言った。

「ここでああだこうだと問答してても仕方ねぇや。いっそのこと、今からその蕎麦を食いに行ってみようじゃねぇか！」

千駄木駅から東京メトロに乗り、三駅先の新御茶ノ水《しんおちゃのみず》で降りて大学のまわりを少し歩くと、奈良原の実家である蕎麦屋《そばや》、『たぬき庵』はすぐに見つかった。

周囲にある他の店と比べて『たぬき庵』の店構えは立派だ。間口が広く、屋根にはしっかりした瓦が使われていて、崩した字体で『生そば』と書かれた暖簾《のれん》が掛かっていた。

まさに、古き良き蕎麦屋の佇《たたず》まいである。

店の名前を示すかのように、引き戸の横に信楽焼《しがらきやき》のたぬきが置いてあった。それを軽く撫《な》でてから、咲は戸に手を掛ける。

「いらっしゃ……あれ、咲ちゃんやん！」

店に入るなり、よく通る声が出迎えてくれた。

「奈良原さん！　お店のお手伝いですか？」

「せや。食べに来てくれたん？　うわー、俺ホンマ嬉しいわ！」

奈良原は白い作務衣《さむえ》に白い帽子を被った『これぞお蕎麦屋さん』といった風体で、咲の両手を馴れ馴れしく握り、ぐっと顔を寄せてきた。

「で、どないする？　俺の彼女ならこの店のメニュー全品タダやで。ただし、親父に紹介せなあかんけどな。未来の嫁はん連れてきたでー、って。いや、親父腰抜かすわー。こんな可愛い子が俺と一緒に『たぬき庵』継いでくれるなんてなぁ！」

「え、ええ……？」

奈良原の頭の中で、咲は一足飛びに蕎麦屋の女将《おかみ》になっているようだ。

「結婚式は大学の裏のあのホテルでやろうな。蕎麦粉使ったウェディングケーキ拵《こしら》えて、咲ちゃんは白無垢《しろむく》や。ああ、でもドレスもええなー。迷うわー」

戸惑っている間に彼の話はどんどん進み、このままでは子供まで誕生してしまいそうな勢いである。

「おい咲、その毬栗《いがぐり》、そろそろ止めねぇと永遠に喋《しゃべ》ってるぜ」

咲に続いて店に入ってきていた惣佑が背後で囁《ささや》いた。その通りだ。このままではいつになっても蕎麦が食べられない。

「……あの、奈良原さん。私、どこに座ったらいいですか？」

立て板に水のごとく繰り出される関西弁の僅《わず》かな隙をついて、咲は尋ねた。同時に、握られていた両手をそそくさと引っ込める。

「ああ。ごめんなぁ咲ちゃん、立たせっぱなしで。んーと……」

奈良原は店内をざっと見回した。咲もつられて見てみる。

店の中には四人掛けのテーブル席が八つにカウンター席が十席あり、さらに畳敷きの小上がりが設《もう》けてあった。

夕飯時なのもあり、そこそこ混雑している。テーブル席はすべて埋まっており、小上がりには親子連れがいて、空《あ》いている席がほとんどない。

「せやなぁ、カウンター席でええか？」

「はい」

奈良原は咲を一人掛けの席に案内した。席についた彼女のすぐ横に、惣佑がふわふわと漂《ただよ》う。

「咲ちゃん、昼間は俺から誘ったのに、途中で帰ってもーて堪忍《かんにん》な。それから……美智琉との喧嘩《けんか》に巻き込んで悪かった」

カウンターにお冷《ひや》を差し出しながら、奈良原が言う。その表情は少し曇っている。

咲は、昼間彼が見せた、何もかも諦めたような顔を再び思い出した。

「美智琉さん……どうしてここのお蕎麦《そば》は食べないんでしょうか」

「さぁな。俺が嫌いなんやろ」

溜息交じりにそう言ったあと、彼はどこか遠くを見つめるみたいな目つきになる。

「俺と美智琉は何もかも正反対やからな。大学に入った時から喧嘩ばっかりやで。それにあいつ、今ちょっと大変なんや。院への進学の件で、親と揉《も》めてるみたいやし」

「あ、はい、ちょっとだけ知ってます……」

奈良原の寂しそうな口調につられて、咲も俯《うつむ》きがちになった。

「美智琉が大学院に入る相談したら、あいつの親は『進学なんてせんで故郷に帰ってこい』って言《ゆ》うたらしいで。それで親との関係がこじれて、あいつ『もう何があっても実家には帰らないわ！』なんつって、一人でイキってるんや」

「何があっても帰らない、ですか……」

「俺は、一度家に帰って親と顔つき合わせて話し合え言うたんやで？　でも美智琉の奴、『あたしは大人だから、もう親には頼らないわ』って突っぱねたんや。で、一人で学費を捻出《ねんしゅつ》しようと無理なバイトして……。卒論も院試もあるのに、アホやわ」

アホやわ。

その言葉は美智琉を突き放しているようにも聞こえるが、咲は温かさを感じた。

おそらく、奈良原は美智琉が心配なのだ。普段から言い合いをしている分、彼は美智琉の性格を誰よりも知っている。

「あー、暗い話してもーたな。悪い悪い。さて咲ちゃん、注文は何にする？」

何度目かの溜息を吐《つ》いたあと、奈良原は仕切り直すようにそう言った。沈み込んでいた顔にやんわりと笑みが戻っている。

「ええと、何がお勧めですか？」

咲は逆に尋ねてみた。

この店のメニューのことなら、跡取り息子である奈良原本人に訊《き》くのが一番手っ取り早い。

「せやなぁ。やっぱ一番のお勧めは、うちの看板商品の『たぬき庵特製蕎麦《そば》』やろなぁ。あったかい蕎麦やねんけど、俺としても一番自信を持って推せる一品やで」

「じゃあ、その特製蕎麦をお願いします」

「了解！　注文入りましたぁ、特製一丁！」

威勢のいい声で厨房《ちゅうぼう》に向かって叫ぶと、奈良原は「ほな、ちょっと待っててや」と咲に言い残して店の奥に引っ込んでいった。

その姿が完全に見えなくなったところで、背後にいた惣佑がふわりと浮かび上がる。

「咲、俺、ちっとばかし……」

「あぁ、調理場見てくるの？　行ってらっしゃい」

うきうきと奥に消えていく惣佑を小声で見送ったあと、咲は改めて店内を見回してみた。

可愛らしい店名とは裏腹に、中は重厚な和風の造りになっている。そこかしこに出《だ》汁《し》のいい香りが満ちていて、それだけでお腹《なか》が空《す》いてきた。

咲が座るカウンター席の前が厨房で、何かの下拵《したごしら》えをしている店員の様子が見える。

客席で注文を取ったり料理を運んだりする店員は数名いるが、調理を担当する店員も複数いそうだ。

奈良原の軽い口ぶりもあって、咲は勝手に家族経営の小さな店を想像していたが、予想より規模が大きい。

店の中の様子がだいたい分かったところで、彼女は席に立ててあったメニューに目を移した。

掛け蕎麦、盛り蕎麦、ざる蕎麦、とろろ蕎麦、月見蕎麦に天ぷら蕎麦……

蕎麦屋なので、当たり前だが蕎麦の種類は多い。

他には天ぷらや刺身などのおつまみになりそうな一品料理もあった。もちろん酒やビールなんかも置いてある。

天丼やカツ丼などの丼物も数種類揃っていて、毎日店に通っても飽きの来ないラインナップだ。

値段もさほど高くない。一番安い掛け蕎麦は一杯四百円で、学生の咲でも気兼ねなく頼める。

多くのメニューが並ぶ中で最も目立つように書いてあるのが、先ほど奈良原が言っていた『たぬき庵特製蕎麦』だ。

（特製って、どんな蕎麦なんだろう）

そう咲が首を傾《かし》げたところで、惣佑が戻ってきた。

「調理場、どうだった？」

小声で尋ねると、彼は目を輝かせて答える。

「なかなか面白かったぜ。特に、蕎麦《そば》打ちの台は見ごたえがあった。使っている道具なんかは俺が生きてた頃にあった蕎麦屋の板場と、さほど変わらねぇな」

それは、ここの蕎麦が昔ながらの製法で作られているということだろう。

昔のやり方が一概にいいとは言えないが、長く続けられているのはそれだけ支持されている証《あかし》でもある。

咲は注文した蕎麦を食べるのが楽しみになってきた。

「特製、お待たせしやしたぁ！」

まさにちょうどいいタイミングで、目の前に渋い染付のどっしりした蕎麦の器が置かれる。運んできたのは、もちろん奈良原だ。

「うわぁ、ありがとうございます。美味《おい》しそう！」

運ばれてきた蕎麦を見た瞬間、食欲がぐぐっと湧いてくる。

重厚感ある器からは、もくもくと湯気《ゆげ》が立っていた。出汁《だし》の香りがふわ～っと広がるが、くどい感じはしない。

「せやろ？　これがうちの特製蕎麦や。ゆっくり食べてな！」

奈良原はそれだけ言うと、再び店の奥に引っ込んでいった。店員としての仕事があるらしい。

「いただきまーす！」

咲は手を合わせてから、割《わ》り箸《ばし》を割る。箸をつける前に器を覗き込んでみた。

（わぁ、黄金色《きんいろ》のおつゆだ）

蕎麦つゆが、透《す》き通《とお》って輝いている。ほんのりと狐色《きつねいろ》に色づくそれは、透明度が高く、器の底までしっかり見える。

細めの蕎麦の上に乗っている具材は、大きな油揚げが二枚。他に若布《わかめ》と小口切りのネギが添えられていた。

油揚げはおそらく出汁で煮てあるのだろう。黄金色のつゆに負けないほどつやつやに輝いていて、味が染みていそうだ。

「これが、たぬき庵特製蕎麦かぁ……」

咲がしみじみと呟《つぶや》いて、いよいよ箸をつけようとしたその時――

「待ちねぇ、咲！　分かったぜ！」

突然、背後から声が掛かる。

「分かったって……何が？」

面食らっている彼女に向かって、惣佑が臆《おく》することなく言い放った。

「何って、決まってるじゃねぇか。あの別嬪《べっぴん》が、この店の蕎麦を食わねぇ理由でぃ！」

5

「——ねぇ咲ちゃん、久世先輩、話ってなぁに？　まだ始めないの？」

「すみません、美智琉さん。もう少し待ってください」

翌日。

咲は久世に連絡を取り、美智琉を研究室に呼び出してもらった。

すべての講義が終わったあとの、夕方の時間帯だ。バイトや勉強に忙しい美智琉の身体が少しだけ空《あ》く時間でもある。

本日はこの部屋の主《あるじ》である外崎教授が出張中ということで、学生たちも研究室には来ないらしい。

今室内にいるのは、久世、美智琉、咲……そして惣佑の四人（人間三人と霊一体）だけだ。

ただしこれからもう一人、この場に姿を見せることになっていた。

やはり久世に協力を頼み、来てもらう約束を取り付けている。

久世にはこれからすることの説明もおおかた済ませていた。

「あたし、このあとバイトが入ってて、そんなに時間がないんだけど……」

美智琉が研究室のソファーに腰を下ろし、腕時計をちらちら見ながら美しい顔を少し顰《しか》めた。

咲はそんな彼女の傍《かたわ》らに立ち、なだめる。

「ホントにごめんなさい、もう少し……あっ、来た！」

部屋の外で物音がした。

入り口付近に立っていた久世がすぐさまドアを開けて、そこにいた誰かを中に招き入れる。

室内に入ってきた人物を見て、美智琉はハッと顔をこわばらせた。

「……奈良原！」

現れた奈良原は普段着ではなく、蕎麦屋《そばや》で働いていた時と同じ白の作務衣《さむえ》を着て帽子を被り、岡持ちを提《さ》げている。その格好のまま美智琉の前で静かに膝を折り、岡持ちから染付の器を取り出してテーブルにそっと置いた。

「何よこれ……」

目の前に差し出されたものを見て、美智琉が顔を歪《ゆが》める。

けれど奈良原は膝を折ったまま、彼女を見上げるようにして言った。

「うちの特製蕎麦《そば》や」

テーブルに置かれているのは、咲が昨日食べた『たぬき庵特製蕎麦』だ。

ふんわりと出汁《だし》の香りが漂《ただよ》う黄金色《きんいろ》のつゆに細めの蕎麦が浸《つ》かり、上には大きな油揚げが二枚乗っている。

「これをあたしに……食べろって言うの？」

室内にぴりりと緊張が走った。

咲はその空気に呑まれないようにぐっと拳《こぶし》を握り締めて、美智琉に一歩近づく。

「その前にお伺いします。美智琉さん、その蕎麦は、何という蕎麦ですか？」

「……何、その質問。何の意味があるの？」

「お願いします、答えてください。その蕎麦の名前を」

美智琉は咲の顔をまじまじと見つめたあと、今度は久世のほうを見た。最後に奈良原をちらりと見やって、溜息を吐《つ》く。

どうやら答えなければ解放されないと踏んだらしい。

「何って……『たぬき蕎麦』でしょ」

半ば吐き捨てるみたいに呟《つぶや》かれたその答えを聞いて、咲はほっと肩の力を抜いた。

斜め上では惣佑も同様に緊張を解き、久世は安堵《あんど》と驚きが混じった表情を浮かべている。

咲と久世の様子を見て、美智琉は「え、違うの？」と首を傾《かし》げた。

「それはうちの店の看板メニュー……『たぬき庵特製蕎麦』や」

答えたのは奈良原だ。

「ほら、合ってるじゃない」

「確かに、間違いやあらへん。でもなぁ、それ見たらたいがい『きつね蕎麦』って答えるで。……ここ、関東の人らはな」

「えっ……あっ！」

油揚げの乗った蕎麦を見つめて、美智琉は口元を手で覆《おお》う。自分の放った言葉の意味がようやく理解できたようだ。

奈良原は折っていた膝を伸ばして一旦立ち上がり、美智琉の向かい側の席に腰を下ろした。

「うちの蕎麦は大阪風なんや。祖父《じい》ちゃんがもともと大阪出身でな、自分とこの蕎麦が関西イチやって自負しとった。その味を関東にも広めたろ思って、上京したんや。今の場所に店出したんは、東京で初めて五輪をやった年らしいで」

当初、関東では関西の蕎麦がなかなか受け入れられなかったらしい。が、それでも地道に味を守り続け、今ではその美味《おい》しさが認められて繁盛している……。奈良原の話はそんなふうに続いた。

ている。

関東の蕎麦《そば》と関西の蕎麦の一番の違いは、蕎麦つゆである。

濃口醤油《こいくちしょうゆ》と鰹《かつお》の出汁《だし》がメインの関東のつゆは、基本的に味が濃くてこってりとしている。

いっぽうで関西のつゆは、昆布出汁のベースに薄口醤油をさっと入れたあっさり仕立てだ。

惣佑は、奈良原の店の蕎麦を見ただけでそれが関西のものだと気付いた。美智琉が拒否していたものが『関西の蕎麦』だと見当がついた時、すべての謎が解けたという。

「美智琉さん……。美智琉さんは、大阪出身なんですよね？」

咲はそっと尋ねた。

しかし、美智琉は黙って唇を引き結んでいる。

代わりに奈良原がテーブルの上の蕎麦を見つめて言った。

「せやろな。東京の人間なら、油揚げの乗ったこの蕎麦見て『たぬき蕎麦』とは言わへん」

加えて、東京と大阪の蕎麦には、名称に関して異なる点がある。

油揚げが乗った蕎麦を東京では『きつね蕎麦』というが、大阪では『たぬき蕎麦』というのだ。

奈良原の店でも、油揚げの乗った蕎麦を『たぬき庵特製蕎麦』と呼んでいる。略せば『たぬき蕎麦』だ。

『たぬき庵《あん》特製蕎麦』と聞いて、咲は店の名前を冠しているのだと思っていたが、実際は大阪での呼び名にちなんだメニューなのだそうだ。

名称の違いは『きつね』と『たぬき』が入れ替わっているという単純な話では済まされない。

油揚げの乗った蕎麦を大阪で『たぬき蕎麦』と呼ぶからといって、油揚げの乗ったうどんを『たぬきうどん』と呼ぶのかというと、それは違う。

うどんは、大阪でも東京と同じく『きつねうどん』と呼ぶのだ。

ちなみに、東京の『たぬき蕎麦・うどん』は天かすが乗ったものだが、同じものを大阪では『ハイカラ蕎麦・うどん』と呼んでいる。

局地的な例外はもちろんあるが、まとめると次のようになる。

●東京
油揚げの乗った蕎麦・うどん→きつね蕎麦・きつねうどん
天かすの乗った蕎麦・うどん→たぬき蕎麦・たぬきうどん
●大阪
油揚げの乗った蕎麦→たぬき蕎麦　うどん→きつねうどん

天かすの乗った蕎麦《そば》・うどん↓ハイカラ蕎麦・うどん

「美智琉さんは、親御さんといろいろあって家には戻らないと言ってましたけど、本当は帰りたいと思っているんじゃないですか？　ここで故郷の大阪に関するものに触れてしまえば、余計里心がつく。だから、故郷を思い出させるものを避けていたのでは？」

「……っ！」

惣佑が辿《たど》り着《つ》いた結論を咲が口にすると、美智琉は目を見開いて息を呑んだ。何も言葉は出てこないが、その顔にははっきり『当たり』と書いてある。

『あの切りたての大根みてぇな別嬪《べっぴん》は、家が恋しくなってんだ。間違いねぇ』

惣佑は夕べ、そう断言した。

ヒントになったのは、咲の友人の話だったという。

咲の友人・遥香は、ホームシックになり、地元の風景をテレビで見ただけで寂しさが募《つの》るという心中を吐露《とろ》していた。

美智琉も遥香と同じで、本当は地元が恋しいのだ。その気持ちが強くならないように、故郷に関するものを自分から遠ざけていたに違いない。

けれど、美智琉からその話を引き出すためには、彼女が『大阪出身であること』を自ら認める必要がある。しかも、言い逃れできないほど自然な形で。

そのために、こんなことをしてもらったのだ。

咲は蕎麦やうどんに関する『たぬき』と『きつね』の違いを昨日惣佑から聞いた。はっきり言って、とてもややこしい。一通り知識がついた今でも、注意しなければごっちゃになりそうだ。

大阪出身の人なら、東京と呼称が違うことは知っていても、咄嗟《とっさ》の時には馴染《なじ》みのある名で呼ぶだろう。

惣佑はそう考えた。

そして咲は今日、わざわざ美智琉を研究室に呼び出し、奈良原の店の蕎麦を見せたのだ。

惣佑の思惑通り、美智琉は故郷での呼び名を答えた。これで、突破口が開いたはずだ。

「美智琉さんが奈良原さんの家のお蕎麦を食べなかったのは、食べると故郷に帰りたくなってしまうから、ですよね……?」

咲はさらに、畳み掛けるように言葉を重ねる。

少し乱暴な考えかもしれないが、東京にあるほとんどの店の蕎麦は関東風だ。

学食もそうだったし、あの和風カフェで提供されていた蕎麦も、関東ではごくごくオーソドックスな濃いつゆのものだった。

だが奈良原の店は違う。

透《す》き通《とお》ったつゆを使った本場関西の蕎麦《そば》なのだ。

美智琉は故郷に関するものを避けていた。他の店のものなら平気なのに、奈良原の店の蕎麦が食べられなかったのは、それが地元を思い出させる味だったせいだ。

「去年、美智琉さんは奈良原さんの店の蕎麦を普通に食べていたそうですね。それは親御さんと揉《も》める前のことで、まだホームシックではなかったから大丈夫だったのではないですか？」

最後に咲がそう尋ねると、美智琉はとうとう首肯《しゅこう》した。

「そうよ。その通り。……あたし本当は、家のことがすごく気になってたの。かといって帰るわけにもいかないし。地元のこと思い出すと余計悲しくなっちゃうと思って……それで、奈良原の店の蕎麦を避けてたの」

彼女の心の底にあるのは、奈良原への嫌悪感ではなく、家が恋しいと思う里心だ。

ゆっくりと、だが確実に、本人の口からその真実が語られた。

咲は安堵《あんど》で胸を撫《な》で下《お》ろしながら惣佑を見つめた。彼も、咲に向かって笑みを浮かべている。

「美智琉……すまん！」

その安堵の余韻が消える頃、美智琉の向かい側で、奈良原が突然頭をガバッと下げた。彼の手には、それまで被っていた蕎麦屋の帽子が固く握り締められている。

「俺、そんな事情があったなんて知らんかったんや。美智琉……最近お前が俺の関西弁にやたらうるさかったんも、里心を刺激するからやろ？　そらそうやろな。めっちゃ地元の言葉やし……。俺、ガサツやし、そこまで気ぃ回らんかった。ホンマ、すまん！」

ほぼ土下座の形での謝罪に、美智琉は慌てふためいて首を横に振った。

「や、やめてよ。家に帰るの帰らないのって、それはあたしの勝手な事情なんだもの。あたしこそ、奈良原の家の蕎麦のこと、悪く言っちゃってごめんなさい。あたし、本当は大好きよ。……あんたの家の蕎麦」

そこで奈良原はようやく顔を上げて微笑《ほほえ》んだ。

「マジで⁉」

「うん、大好き。あたし、さっきも言ったけど、大阪出身なの。奈良原の店の蕎麦が一番、地元の味に近かった。特にあの出汁《だし》……大阪の香りがするのよ。奈良原の店では、丼物にもその出汁を使ってるでしょう？　だから、何を食べても実家を思い出しちゃう気がして、店自体を避けてたの……」

「そんな事情があったんやったら、何で言うてくれへんかったんや。『たぬき庵』で出すんは基本大阪の蕎麦《そば》やけど、関東風のが作れへんこともないんやで。お前にだけ特別メニューを出したったのに」

「そんな。特別扱いなんて悪いわよ。……それに、本当のことなんて言えない。この年でホームシックなんて、恥ずかしいし」

美智琉が真っ赤になって口籠《くちごも》る。

(うわ、か、可愛い)

咲は思わず破顔した。

いつもの美智琉は黒髪の似合うしゃきっとした美人だが、困った顔になると途端に印象が幼くなる。

奈良原も同じことを思ったのか、相好を崩した。

「ははっ、ええやんけ。いくつになっても家は恋しいもんや。……ああそういや、俺が『淀川』のDVD見てた時も、美智琉はえらい怒ってたな。『淀川』ゆうたら大阪では馴染《なじ》みの顔やもんなぁ。あれ見たら嫌でも地元思い出すやろ」

「よ、淀川……ですって？」

奈良原が『淀川』の名前を出した途端、なぜだか美智琉は膝の上でもじもじと指を動かし始めた。そして微妙な表情のまま、ぼそっと呟《つぶや》く。

「DVDの件は……少しだけ違うというか、別に事情があるのよ」

「あ？　事情？」

奈良原が首を横に九十度くらい曲げて訊《き》き返《かえ》した。

美智琉はまだもじもじしていたが、やがて覚悟を決めたように一つ溜息を吐《つ》く。

「……もうすべて話すわ。……淀川の片割れ、淀川エージは——あたしの父よ」

「えぇっ！」

一番先に驚愕《きょうがく》の声を上げたのは咲だ。隣では久世も目を見開いている。惣佑もさすがにこれは予想外だったようで、口をあんぐりと開けていた。

ワンテンポ遅れて、奈良原が素《す》っ頓狂《とんきょう》な声を上げる。

「う、う、嘘やろ⁉　だってお前とエージさん……苗字が違《ちゃ》うやん！」

「バカね。淀川エージは芸名よ。本名は森尾栄治《もりおえいじ》。正真正銘、あたしの父親よ」

「はー、マジか！　あんなオモロイ父ちゃんおるなんて羨ましいわ。すごいやん！」

咲もすごいと思った。何せ淀川エージはみんなが知っている有名人だ。

しかし美智琉はさっと表情を曇らせて、肩を竦《すく》める。

「別に、すごくないわよ。有名人の家族って、意外と面倒臭いの。特に父はお笑い芸人だったから、地元にいた時はしょっちゅうイジられたわ。娘のお前もなんかネタやってみろって。……もう、勘弁してーって感じ。だから大学進学で東京に来てからは、淀川エージの娘だってことを隠していたし、大阪出身っていうのも言わないでいたの。方言が出ないようにするのは大変だったけど、お笑いネタやってみろって言われると面倒だし」

彼女は見た目通り、とても真面目な性格をしている。お笑い芸人の娘だと聞いて驚いたのもそのギャップが原因だ。無理にネタを振られるのは、確かに辛《つら》いだろう。

「父は大阪が大好きなの。観光大使まで引き受けちゃってるくらいの筋金入りよ。そのせいで食卓には毎日たこ焼きが並んだし、どこか旅行に行っても関西風の蕎麦《そば》ばかり食べさせられたわ。あたしが大学院に進学したいって話した時も、大阪はいいところだぞ、地元に帰ってこいって……そればっかり。大学院で研究するなんて難しいこと、お前には無理だろうって言うのよ。身体を壊したらどうするんだ、とか……まるっきりあたしのこと子供扱いしてるんだから」

口を尖《とが》らせて父親についてぽつぽつ話す美智琉に対し、奈良原が口を挟んだ。

「そりゃ、大阪どうこう抜きにして、単純に美智琉が心配なんちゃうか？　ただでさえ四年も離れとったんやで。父親としては、娘に傍《そば》にいてほしいやろ」

「……それはまぁ、分かるけど、でも……頭ごなしに駄目って言うことないでしょ。これ以上父に進学の相談してもどうせ分かってもらえないし、自分でなんとかしようと決めたの。あたしはもう子供じゃないもの。お金のことも、勉強のことも、一人でこなせるわ。……あの時、奈良原が見てたＤＶＤを止めたのは、父の顔なんて見たくなかったからよ」

　そこまで一気に言うと、美智琉は一旦静かになった。

　代わりに口を開いたのは、ここまでずっと黙っていた久世だ。

「……淀川エージ氏って、今、病気で療養中だったよね？」

　彼の言う通り、淀川エージは現在、病気で仕事を休んでいる。

　病名は――胃癌《がん》。相方のカンジの話ではそこそこ元気ということだが、大病であることに変わりはない。

「大阪市内の病院に入院中、みたいです……」

　重々しい口ぶりで、美智琉が言った。そこへすかさず、奈良原がツッコむ。

「みたいってお前、大変やん！　見舞いの一つも行ったれや」

「行けないわよ……。二度と顔出さないって、あたしのほうから啖呵《たんか》切ったのよ。今更お見舞いなんて、どんな顔して行ったらいいのか分からない……」

「この、どアホ！」

　奈良原は掴んでいた帽子を放り出し、座っていたソファーから立ち上がって叫んだ。拳《こぶし》を握り締め、真剣な顔つきでまっすぐ美智琉を見つめている。

「美智琉のアホ！　お前、今すぐ大阪帰れ！」

「そんなの無理よ。だいたい……父の病気は大したことないの。癌だけど……初期だしすぐ回復するって……」

「アホ！　だから今帰れ言うとるんや。今ちゃんと話しとかんと、後悔するで」

「でも……」

「でももスイカもあるかい！　ちゃんとお前の希望を話せば、親父さんも無理に帰れ言わへんようにかもしれんやん。話が物別れに終わっても、腹割って話した事実は残る。それでええやんか！」

「でも、あたし……」

「美智琉！」

奈良原は全力で美智琉に対峙《たいじ》していた。しかし彼女は悲しそうに俯《うつむ》くだけで、首を縦に振らない。

「——森尾さん」

そこへ穏やかな口調が優しく割って入った。久世だ。

「僕も帰ったほうがいいと思う。いろいろやらなきゃいけないことがあって大変だろうけど、卒論や院試のことなら僕が相談に乗れるし、お父さんのお見舞いに行くのなら、教授もスケジュールの調整をしてくれると思うよ」

「あ……私も、帰ったほうがいいと思います。病気が大したことなくても、家族に会えるとホッとすると思うんです。友達も、そう言ってましたし……」

咲も控えめに言い添える。

友達とは、もちろん遥香のことだ。彼女の祖母は孫の帰郷を喜んだと聞いている。顔を見るだけで元気になることだってきっとある。

「咲ちゃんや久世先輩の言う通りやで。美智琉、一旦家に帰れ。……いや、もうこうなったら俺が大阪まで送ったる！　来い！」

奈良原はとうとう美智琉の傍《そば》に歩み寄り、ソファーに座っていた彼女の腕を強引に掴んで立たせた。美智琉は驚いて奈良原の手を振り払う。

「や、やめてよ。何であんたがついてくるのよ」

「こうでもせんと、お前、帰らんやろ。お前が頑固なんは、俺が一番よう知っとる」

「だからって、何も大阪まで来ること……」

「心配なんや。お前のことが！」

彼はきっぱり言い切って、美智琉の両肩に手を置いた。

「……奈良原」

「ちゃんと親と話してきいや。そんで、もう無理すんな。……頼む、美智琉」

至近距離で、二人はしっかり見つめ合う。そのまましばらく、時が流れた。

やがて、美智琉がゆっくりと頷《うなず》く。

「……分かったわ。一度、大阪に帰ってみる。ありがとう奈良原」

二人の間に生じていた余計な隙間は、もう存在しない。室内の空気が、やんわりと温かくなっていく。

「……おい咲、俺たちの役目は終わったみてぇだぜ」

天井のあたりを漂《ただよ》っていた惣佑が、咲の肩口まで下りてきて囁《ささや》いた。

確かに惣佑の言う通りだ。この場に、見つめ合う二人以外の登場人物は必要ない。

咲は静かに後ろを振り返った。

すると、そこで久世が電信柱のごとく棒立ちになっている。なぜか咲の姿をまじまじと見つめて硬直していた。

「久世さん、あの……」

首を傾《かし》げつつ小声で話し掛けると、彼はハッと我に返ったように姿勢を正し、ずり落ち気味だった眼鏡をついっと持ち上げる。

「あ、うん。部屋、出たほうがいいよね」

「はい。何だか……邪魔になりそうなので」

ちらりと見ると、奈良原と美智琉は相変わらず向かい合ったままだった。

ただし二人とも表情は強気だ。そして口調も……

「ほれ見い、美智琉が早《は》よ食わんから、蕎麦《そば》が伸びてもうたやん！」

「うるさいわね。食べるわよ！　あんたんとこの蕎麦なら、ちょっとやそっと伸びても美味《おい》しいでしょ」

「当たり前やん。でもこれは俺が食う。美智琉は今から店に来い。新しいの作って出したる！」

「そんな時間ないわよ。あたしこれからバイトなの。……それからあんた、さっき言葉遣い間違ってたわよ」

「……へ？　どこが」

「『でももスイカもあるかい』って言ったでしょ。スイカじゃなくてヘチマよ」

「そうやったっけ？」

「そうよ。文学部の学生としてあるまじき間違いだわ」

二人の間で、リズミカルに言葉が飛び交っている。喧嘩《けんか》しているみたいにも聞こえるが、これがいつもの奈良原と美智琉なのだ。

「お前と言い合いしとったら腹減ったわ。蕎麦食お」

「ちょっと、あたしが食べるのよ。どいて！」

割《わ》り箸《ばし》の取り合いを始めた二人を少し見守ってから、咲はそっと研究室を出る。

昨日食べたばかりなのに、また蕎麦が食べたいと思った。

ふわりと出汁《だし》の香る、温かい蕎麦が――

三品目　本物のおはぎ

1

七月半ばの日曜日。

咲は朝から自宅の小さなキッチンでせっせと手を動かしていた。そのたびに、シューッシューッと独特の音が響き渡る。

そんな彼女の様子を空中で見守っていた惣佑が、腕組みをしながら言った。

「いいか、咲。包丁は安物だって構わねぇ。ただ、ちゃあんと研いどくんだぜ」

幽霊料理人の指南で料理を作り始めて三か月。

いつも使っていた万能包丁を見た惣佑が「そろそろ研いだほうがいいな」と言い出したのは今朝のことだった。

咲の包丁は、谷中で一人暮らしを始める際に母親が用意してくれたものだ。さらに母親は、刃物を研ぐ道具もきちんと買い揃えてくれていた。

その道具——簡易包丁研ぎ器を使って、咲は今、生まれて初めて包丁を研いでいる。

「はーっ。こりゃまた便利な道具ができたもんだな。俺が生きてた頃は、砥石っちゅう石を使って刃物を研いだんだぜ。目が粗い石からだんだん細《こめ》けぇ石に変えてって、丹念に刃先を整えたもんさ」

咲の手元を見つつ、惣佑は感嘆の溜息を漏らした。

今使っている包丁研ぎ器は、大部分がプラスチックでできている。おそらく、内部に刃物を研ぐための部品が仕込まれているのだろう。土台に細い切れ込みが入っていて、そこに包丁を差し込み、引いたり押したりするだけで綺麗に研ぎ上がるという優れ物だ。

「このくらいでいいかな？」

シューッシューッと小気味いい音を立てて包丁を研いでいた咲は、しばらくして刃先を惣佑に見せた。

彼は空中を飛び回ってそれを仔細《しさい》に確認したあと、首を大きく縦に振り、真剣な顔つきになる。

「いいんじゃねぇか。よく研げてる。……咲。刃物は数か月にいっぺん、必ず研いでおきねぇ。切れ味の悪い刃物で万が一手でも切っちまったら……えらく痛《いて》ぇからな」

「うん、分かった。じゃあ、そろそろ料理作ろっか！」

研ぎ上がった包丁を綺麗に洗って一旦まな板の上に置き、咲は冷蔵庫に向き直った。

そこから取り出したのは、つやつやとピンク色に輝くものだ。

途端に、惣佑の顔に笑みが乗る。

「いい鮭《しゃけ》じゃねぇか。早速、焼こうぜ！」

この鮭《さけ》の切り身は、昨日スーパーで買ってきたものだ。

咲は惣佑の指示でそれにサッと塩を振り、グリルに入れた。焼き上がった鮭を乗せる皿を準備しておく。

「よし。じゃ、次は牛蒡《ごぼう》と人参《にんじん》だな」

「はーい」

咲は言われた通りのものを冷蔵庫から出した。牛蒡はビニールに包まれた状態で、表面に少し土が付着している。

「まずは牛蒡の土を落とすところからだ。流水に当てて表面をこすってみねぇ」

「うん、やってみるね。……あ、いい感じに土が落ちてきたよ、惣佑」

水を流しっぱなしにして表面をごしごしこすると、土だらけだった牛蒡がみるみる白くなっていった。やがて、惣佑が「よし」と頷《うなず》く。

「それくらい綺麗になりゃあいい。次は牛蒡を使う分だけ切ってから皮をざっと剥《む》いて、細く刻むんだ。切った傍《そば》から水に晒《さら》せばアクが抜けっからよ。器に水を張っておきな」

「了解！」

指示に従って、咲はてきぱき動いた。

まず洗った牛蒡を十五センチほどの長さに切り、残りは保存しておく。「牛蒡は湿った紙に包むと長持ちするぜ」という惣佑の助言を聞いて、冷蔵庫に入れる前に濡れた新聞紙でくるんだ。

今日使う十五センチ分の牛蒡をまな板の上に乗せると、横から声が掛かる。

「牛蒡の皮は、包丁の背を使ってこそげ取るといいぜ」

「え、包丁の背って、刃と反対側のところだよね？　それで皮が剥けちゃうんだ」

咲は半信半疑で包丁の背を牛蒡の表面にこすり付けてみた。

すると、面白いようにするする皮が剥けていく。カッターナイフで木を削っているのに似た感触だ。

そうやって皮をこそげ取ったあと、今度は長さ五センチくらいの細切りにした。

「ねぇ惣佑。これから作るのって『きんぴら牛蒡』でいいんだよね？」

包丁を動かしつつ、肩の上あたりを漂《ただよ》っている惣佑に尋ねる。

「ああそうだ。きんぴらは飯のおかずにもってこいだからな。何を作るか迷ったら、きんぴらにしときゃまず間違いねぇ。一度作り方を覚えときゃ、蓮根《れんこん》やら大根の皮やら蒟蒻《こんにゃく》やら、何だってきんぴらにできるぜ。俺がやってた一膳飯屋でも、いろんなきんぴらを客に出してたんだ」

「へー。そういえば、うちのお母さんもよく作ってくれてたなぁ……きんぴら。江戸時代からあったんだね」

栃木にいる母の味を思い出し、咲は少しよそ見をしてしまった。そこへすかさず、惣佑の鋭い声が飛んでくる。

「咲、包丁使ってる時はしっかり手元を見とけ」

「あっ、そうだった。ごめん、ごめん」

「牛蒡《ごぼう》は固《かて》ぇから、ゆっくりやんな。手ぇ切んなよ」

「はーい」

彼の言う通り、牛蒡は筋があって固い。

だが先ほど包丁を研いだばかりなこともあり、それほど苦労せず刻めた。水を張ったボウルの中には、咲の手で細く切られた牛蒡がたくさん沈んでいる。

それを眺めて、惣佑が満足そうに表情を引き締めた。

「牛蒡はこれでいい。次は人参《にんじん》の皮を剥《む》いて、牛蒡と同じ細切りにするんだ」

指南役から新しい指示が出た。咲はすぐさまオレンジ色の人参を手に取り、大きく頷《うなず》く。

「分かった！」

人参は半分だけ使う。残りは切り口をラップで覆《おお》い、先ほどの牛蒡と同じように濡らした新聞紙にくるんで冷蔵庫にしまった。

半分の人参を慎重に刻み、惣佑を振り返る。

「全部切れたよ、惣佑」

「よしよし。牛蒡もざるにあげときねぇ。じゃ、いよいよ炒《いた》めるぜ。まず胡麻油《ごまあぶら》を鍋に引いて、香りが立つまで温めな。油がいい具合になったら、刻んだ人参と牛蒡を入れるんだ」

炒める、という言葉を聞いて、咲はフライパンを使うことにした。そこに指示通り胡麻油を入れて火に掛ける。

すぐに胡麻油特有の芳醇《ほうじゅん》な香りがふわっとキッチンに広がった。フライパンがほどよく熱くなってきたところで、刻んだ二種類の根菜を投入する。

咲が菜箸《さいばし》でフライパンの中身をかき回している様を、惣佑が真剣な眼差《まなざ》しで見つめていた。

「いいぞ。全体に油を馴染《なじ》ませろ。……ああ、そんくらいでいい。今度はそこに酒と味醂《みりん》と醤油《しょうゆ》を入れろい。全部入れたら、あとは汁気が飛ぶまでひたすら炒めるんだ。あんまり強火にすると焦《こ》げっから、気を付けろよ」

「わー、すごい、いい匂いしてきた！」

手を動かしながら、咲は思わず顔を綻《ほころ》ばせた。醤油《しょうゆ》と胡麻油《ごまあぶら》の香りが湯気《ゆげ》とともに鼻腔を刺激して、心が弾む。ついでに味覚まで満たされていく気がする。

まだ一口も食べていないのに。

「汁気が完全に飛んで、照りが出てきたらできあがりだぜ。……おっ、そろそろ頃合いじゃねぇか？」

「やったー、完成！」

咲はできあがったきんぴら牛蒡《ごぼう》をフライパンから小皿に移した。それはつやつやと照り輝き、まるで宝石のようだ。

鮭《さけ》もグリルから出し、皿に盛る。

（こんなに美味《おい》しそうな料理、私が作ったんだよね……）

完成の喜びで、しばらく呆然となる咲の斜め上で、惣佑がふっと微笑《ほほえ》んだ。

「咲。お前《めぇ》、随分と包丁の使い方が上手くなったじゃねぇか。牛蒡も人参《にんじん》も大きさがきっちり揃ってる。上出来だぜ」

「えっ、ホント⁉　私、料理の腕上がったかな？」

「上がった、上がった。この調子なら、もっとややこしい料理だってじきに作れるようになるだろうよ。……そうだな、今度は鯵《あじ》の南蛮漬《なんばんづ》けでも拵《こしら》えてみっか」

「うん、やってみたい！」

手放しに褒められると、素直に嬉しい。

咲の腕が上がったのは、指南役である惣佑の功績だ。何せ彼は、まるっきり料理初心者だった咲に根気よく向き合ってくれたのだから。

（最初に習ったのは、出汁《だし》の取り方だったよね。卵料理に、豆腐に、鯖《さば》の味噌焼き。いろいろ作ったなぁ……）

咲の脳裡《のうり》に、今まで作った料理が次々と浮かんでくる。しばらくそうやって思いを馳《は》せていると、不意に惣佑がニッと笑った。

「ま、鯵の南蛮漬けはおいおいな。とりあえず、今は目の前の料理だ。鮭《しゃけ》ときんぴら、弁当にして外に持ってくんだろ？」

「あっ、そうだ、忘れるところだった！」

咲はポンと一つ手を打って、食器棚からいそいそとあるものを持ってきた。

「ねぇねぇ、これ見て。可愛いでしょ」

斜め上にいる惣佑に向かって掲《かか》げて見せたのは、四角い箱が二つ重なったランチボックスだ。全体的にピンク色で、側面と蓋《ふた》に白い猫の絵がプリントされている。

ついこの間、谷中銀座商店街にある雑貨屋で見かけて、あまりの可愛らしさに衝動買いしたものだった。

現在の時刻は、朝の九時半。

今日はこのあと、惣佑と外に散策に出る予定である。咲が日曜日の朝からキッチンに立っていたのは、昼食用の弁当を作るためだ。

「早《ばえ》ぇとこ弁当詰めて、外に出ようぜ！　今日は天気がすこぶるよさそうだ！」

惣佑の目は、窓の外に向けられている。言葉尻が妙に弾んでいた。早く表に出たくてうずうずしている感じだ。

「そうだね。じゃあ、まずはご飯を入れようかな」

咲は二段重ねのランチボックスの下に夕べの残りのご飯を詰めて、真ん中に梅干しをちょこんと乗せる。この梅干しは、栃木の母が漬けて送ってくれたものだ。

下の段をご飯で埋めたあと、上の段におかずを詰めていった。

真っ先に入れたのは、焼鮭《やきざけ》だ。きんぴら牛蒡《ごぼう》は可愛いアルミカップに移し、隣に配置してみる。

「きんぴら、ちょっと余ったね。夜ご飯の時に食べようっと」

咲は残ったきんぴらをプラスチック容器に詰めて冷蔵庫に入れた。すると、横から惣佑がひょいと口を出す。

「余ったきんぴらは、ちょいと刻んで細《こま》かくしてから飯に乗っけて、茶漬けにするとまた違った味になるぜ」

「あ、それ美味《おい》しそうかも。じゃあ夜はお茶漬けに合うおかず、何か作ろ！」

「そうだな」

鮭ときんぴらを詰めたあと、空《あ》いているところに里芋《さといも》の煮っころがしとほうれん草の胡麻《ごま》和《あ》えをバランスよく詰めた。

里芋は昨日の夕飯の残りで、ほうれん草は定食屋『はま』のヨシエからおすそ分けしてもらったものだ。

隙間なく料理を詰め込んだランチボックスを赤いバンダナできっちりくるみ、咲は斜め上に浮かんでいる惣佑に笑顔を向けた。

「よし、お弁当できた！　惣佑、外に出よう！」

2

「えええ、嘘！　大きな木！」

咲は思わず声を上げてしまった。

今、目の前には大木がすっくと聳《そび》え立っている。

通称『谷中のヒマラヤ杉』。街歩きのガイドブックによれば、樹齢は九十余年、高さは二十メートル以上もあるという。

細《こま》かい数字はさておき、とにかく圧巻だ。てっぺんは遥《はる》か上にあり、幹もかなり太い。その名の通り、ヒマラヤ山脈みたいな巨木である。

その大木の隣……というか下には、小ぢんまりとしたパン屋があった。店は昭和レトロな佇《たたず》まいで、何だか木と一体化しているようにも感じる。

惣佑を伴って外に出た咲は、真っ先にこのヒマラヤ杉を見にきた。位置的には、夕やけだんだんや谷中銀座商店街より少し南になる。

この大木は、ガイドブックで『谷中のシンボルツリー』と紹介されていた。谷中っ子の仲間入りをしたからには、一度実物を見てみたいとずっと思っていたのだ。

「大きいなぁ……」

実際に目の当《ま》たり《あ》にした咲の口からは、もはやこの一言しか出てこなかった。

ただただ、大きい。

木の全体像を携帯電話のカメラに収めようとしても、上か下のどちらかが見切れてしまうほどだ。

あまりの迫力にしばし呆然としていると、惣佑が木の上のほうまでひょいっと飛び上がった。枝ぶりを確かめているのか数度くるくる回ったあと、すーっと降りてくる。

「立派な大木だなぁ。俺が生きてた頃は、ここにゃこんなのなかったぜ」

「えっ……あ、そうか」

咲は思わず言葉に詰まった。

この木の樹齢は百年足らず。いっぽうで、惣佑が命を落としたのは百六十年以上前だ。

彼がまだ包丁を握っていた頃、この大木は存在すらしていなかった。今はこんなに立派に育っているのに……

改めて、惣佑の過ごした時代が遥か昔であることを、咲は実感した。その頃から彼はずっと、この世を彷徨《さまよ》っているのだ。

(早く、帰るべきところに帰りたいよね……惣佑)

彼のためにも、もっと料理を頑張らなければならない。

咲は新たな誓いを胸に秘め、空中をふよふよ漂《ただよ》う惣佑に向かってそっと囁《ささや》いた。

「次の場所、行こっか、惣佑」

「おう！　今度はどこに行くんでぃ」

「谷中霊園……かな。ぶらぶら散歩するのにちょうどいいみたいだよ」

「よっしゃ。じゃ、行くか！」

今日の咲の服装は、水色のギンガムチェックのノースリーブシャツに、デニムのスカート。さらに弁当や荷物が入ったリュックを背負い、お気に入りのスニーカーを履いている。

荷物の中から谷中のガイドブックを取り出して方向を確認し、のんびり歩き始めた。惣佑はそんな彼女の頭の上を飛びながらついてくる。

ヒマラヤ杉のある場所を東に進むと、やがて少し広い道に出た。その道を、南に少し寄り道してみる。

「この先におせんべい屋さんがあるんだよ、惣佑」

道なりに手焼きせんべいの店が見えてきた。

せんべいは、谷中の名物の一つだ。大きな通りに出ると、必ず一軒は『谷中せんべい』の看板を掲《かか》げた店がある。

漂《ただよ》ってくるせんべいの香ばしい匂いにつられて、咲は店に足を踏み入れた。

中にいたのは、小柄な女性の店員だ。その店員の話によれば、店では袋詰めされたせんべいの他に、バラ売りもしているという。

咲はあれこれ迷って一枚だけ購入し、食べながら歩くことにした。弁当を持ってきているが、少しくらいならお腹《なか》に響くことはないだろう。

選んだのは、シンプルな醤油《しょうゆ》味のせんべいだった。ばりっと一口齧《かじ》ると、まろやかな醤油の風味がほわっと広がる。素朴な美味《おい》しさがストレートに伝わってきて、いくら食べても飽きがこない。

谷中せんべいを味わいつつ今度は北上すると、緑の木々が見えてきた。その場所こそ、目指していた『谷中霊園』だ。

正式名称は『都立谷中霊園』。昔は『谷中墓地』の名前で親しまれており、古くからの住民は今でもこの旧称で呼んだりする。

この一帯には、都営の霊園と、天王寺《てんのうじ》および寛永寺が管理する墓地が集まっている。

多くの著名な人物たちがここに眠っているが、その筆頭といえるのは、最後の将軍・徳川慶喜《よしのぶ》だろう。

徳川家が寛永寺を菩提寺としていたことから、慶喜の墓がこの谷中霊園内に設《もう》けられた。その他、御三卿の一橋《ひとつばし》・清水《しみず》・田安《たやす》家の歴代当主、実業家の渋沢栄一《しぶさわえいいち》や政治家の鳩山一郎《はとやまいちろう》、芸術家の横山大観《よこやまたいかん》など、多数の有名人が埋葬されている。

墓地の中は誰でも自由に出入りでき、霊園内を貫《つらぬ》く歩道は桜並木として整備されているので、春は花見の名所として多くの人で賑わうらしい。

この谷中霊園も、もちろん谷中の人気観光スポットである。

咲は、その墓地の中の道をゆっくり歩いた。

墓地というだけあってたくさんの墓石が並んでいるが、必要以上に暗い感じはせず、厳《おごそ》かな穏やかさが漂う場所だ。

先週までは梅雨《つゆ》空だったが、今日は快晴で、木漏《こも》れ日が眩《まぶ》しい。天候が穏やかだからか、あたりには散策をしている人の姿がちらほら見える。

「ここいら一帯は、俺が生きてた頃からこんな感じだったぜ」

咲の肩の上あたりに浮かびながら、惣佑が言った。

「そうみたいだね。大きなお寺があったんでしょ？」

ガイドブックによると、江戸時代、この谷中墓地のあたりは天王寺の境内《けいだい》だったという。

今でも天王寺は存在するが、江戸時代は五重塔なども備えたもっと大きな寺で、お参りに来る人たちが多くいたそうだ。境内では、富くじ——今でいう宝くじのような催《もよお》しも行われていて、その時は一段と賑わいを見せたと書かれている。

「俺の店も、このあたりにあったんだぜ」

「えっ、そうなの⁉」

「ああ。咲にはまだ言ってなかったか」

「初耳だよ〜。へー、この辺だったんだね」

咲は携帯電話を耳に当てつつ答えた。

最近、人通りの多いところで惣佑と話す時は、こんなふうに携帯電話を使って誰かと通話していると見せかけている。こうすれば、独り言を連発する不審者だと思われる心配はない。

この方法に気が付いて以来、惣佑と外出する時、咲はもっぱら携帯電話を握り締めるようになった。

「谷中は寺が集まった場所だからな。墓参りに来る客を見込んで、茶店やら飯屋やらがずらっと並んでたのさ。その中の一つが、俺のやってた一膳飯屋っつうわけだ」

自分の店のことだからか、彼は少し得意げだ。

「そういえば、惣佑のお店の名前は『夕日屋』だったよね。何でそういう名前なの？　お店は夕方からしか開けてなかった、とか？」

咲はふと、そう訊《き》いてみた。

別におかしな名前ではないが、同じお日様なら『朝日』のほうが何となく縁起がいい気がするし、惣佑の持つ明るい感じにも合っている。あえて『夕日』にしたのはなぜだろう。

惣佑は軽く笑みを浮かべ、「ん」と首を軽く傾けた。

「店は昼から開けてたぜ。まぁ、名前は気分で決めたってとこだな。……おっ、咲、前見てみろい。猫がいるぜ」

「えっ！　あ、ホントだ！」

猫と聞いて、咲はただちに会話を中断した。

惣佑の言う通り、前方に鯖虎《さばとら》の大きな猫がのんびりと寝そべっている。

「か、可愛い！」

谷中は『猫の町』と呼ばれるほど猫が多い。よく見かけるのは商店街のあたりだが、この墓地周辺を縄張りにしている猫も相当数いるようだ。

実は、咲は無類の猫好きである。愛用している茶碗やランチボックスが猫柄なのはそのためだ。

だが実家では母がアレルギーのため飼えず、今のアパートもペットが禁止されているせいで、滅多に触れ合えない。その分、外で猫を見ると無条件に近づきたくなってしまう。

「あれ……なんか怒ってない？」

鯖虎猫《さばとらねこ》は咲たちが近づくと毛を逆立てて「フーッ!!」と威嚇《いかく》を始めた。よく見ると、緑色のビー玉のような目で咲の斜め上を睨《にら》みつけている。

咲の上にいるものといえば……

「もしかしてこの猫、惣佑のこと見えてるのかな」

「ははっ、そうかもしんねぇな。犬や猫は人より勘が鋭いっつうしょ」

やがて鯖虎猫は「シャアーッ！」と一声鳴いて、どこかへ走り去った。

その姿を目で追いながら、咲は惣佑と初めて会った日のことを思い出す。

あの日は彼を見て腰を抜かしたものだ。幽霊に会って驚くのは、人も猫も一緒なのだろう。

「さて、猫も行っちゃったし、もう少し歩こうよ！　そろそろお昼だしね。さっきガイドブック見たら、お弁当を食べるのにちょうどいい公園があるって書いてあった」

「そうだな。行くか」

再び、のんびりと歩き始める。

谷中霊園一帯を抜けて北に少し行くと、じきに御殿坂にぶつかった。日暮里駅から続くその坂を上がっていくと、やがて道が二股になる。

右の道を進めばお馴染《なじ》みの夕やけだんだんに辿《たど》り着《つ》くが、今日は左の七面坂へ足を向けた。細い坂を下って左折すると、やがて小さな公園が見えてくる。

『岡倉天心《おかくらてんしん》記念公園』だ。

名称のもとになっている岡倉天心は日本の美術界を支えた重要な人物で、この公園はその岡倉天心の自宅があった場所らしい。

さほど広くはないが、遊具やベンチなどが備えられていて居心地がよさそうだ。遊具のまわりでは、何組かの親子連れが遊んでいる。

あたりを見回して、遊具から少し離れたところにあるベンチに目を付けた。

「ここでお弁当にしよう！」

咲は斜め上を漂《ただよ》っている惣佑にそう話し掛けながらベンチに座り、リュックから弁当の包みを取り出す。

猫の絵がプリントされた蓋《ふた》を開けて真っ先に箸《はし》をつけたのは、つやつや輝くきんぴら牛蒡《ごぼう》だ。

「あっ、シャキシャキしてて美味《おい》しい！」

牛蒡も人参《にんじん》もしっかり歯ごたえがあって、噛むたびに旨味《うまみ》がじわりと湧いてきた。味醂《みりん》と醤油《しょうゆ》の甘辛い味付けが、ご飯によく合う。

「きんぴらは、あったけぇうちに食うのもいいが、冷めても美味《うめ》ぇだろ？」

惣佑は、もぐもぐとご飯をほおばる咲を満足そうに眺めながら笑った。咲はうんうんと頷《うなず》き、続けて鮭《さけ》に箸を入れる。

塩を振って焼いただけの鮭は、身がふっくらしていて美味《おい》しい。塩辛さに交じって、魚のほんのりとした甘みが感じられる。

母が送ってくれた梅干しもまた、絶品だった。酸味と甘みのバランスが絶妙で、果肉が厚く、これまたご飯が進む。

「あー、美味しかった！」

ランチボックスはあっという間に空《から》っぽになった。すっかり軽くなったそれをリュックにしまってから、咲は立ち上がる。

すると突然、目の前を何か白いものがスッと横切った。

「あっ、また猫がいる！」

　咲は慌ててその白いものを追いかける。間違いない。白地に茶色のぶち模様が入った猫だ。猫は前方を小走りで駆けている。

　猫好きとしては、なんとかもう少し近くに行きたい。

　そう思ってついていくと、やがて住宅街の路地に入った。静かな場所で、咲と猫と惣佑以外は誰もいないようである。

　そうこうしているうちに、ぶち猫が咲たちの追跡に気が付いたようだ。「にゃー！」と声を上げ、慌てふためいた様子で猛然とダッシュする。

「あー、いなくなっちゃった……」

　人が猫の瞬発力にかなうはずがない。気が付くと猫の姿は消えていた。咲は若干肩を落とし、斜め上にいる惣佑を見る。

　——がっしゃああああぁん！

　その時。やたら派手な物音があたりに響き渡った。静かな住宅街の均衡が突如破られ、咲の身体がびくっと震える。

「どうしたんだろう。何かが落っこちたみたいな音だよね？」

　尋ねると、惣佑も頷いた。

「ああ。何やら物騒な音だったな。こっちから聞こえたぜ」

物音は左側から聞こえてきた。

そこにあったのは、咲の頭の上くらいまである生垣《いけがき》だ。それが、前方に向かって三十メートルは続いている。

内側は住宅になっているようだ。生垣の長さから見て、相当広い家だろう。

「咲、お前ここで待ってな。俺が中を見てくっからよ！」

言うが早いか、彼はふよふよっと飛び上がってすいーっと生垣の向こうに消えていった。

（幽霊なら、不法侵入にならないよね……）

咲がじりじりしながら待っていると、長身の幽霊はすぐに戻ってくる。

「垣根の向こうに、やたらでけぇ家と蔵みてぇなもんが建ってる。それ以上は進めねぇから中までは確かめらんねぇが、蔵のほうから変な声がしてたぜ」

「変な声……？」

「子犬が唸《うな》ってるような声だ。こりゃ、ただ事じゃねぇ。俺たちの他には誰もいねぇみてぇだし、様子を見に行ったほうがいいんじゃねぇか？」

「分かった。行ってみよう！」

何かあればすぐ助けを呼べるように、咲は携帯電話を握り締めて走り出す。

生垣の終点までくると、そこには家の門があった。大きな両開きの扉がついていたが、鍵はかかっていなかったので迷わず開ける。

「咲、蔵はこっちだ！」

やたらに立派な日本家屋を横目に見つつ惣佑の案内で横に回ると、広い庭に出た。その庭の片隅に、白い土壁で覆《おお》われた蔵が建っている。

「ホントだ。何だか変な声がする……」

蔵の中から、微《かす》かに低い声が聞こえてきた。話をしているのではなく、ひたすら唸っている感じだ。

「扉は開いてるぜ、行こう」

蔵には重そうな鉄の扉が付いており、それが外に向かって開け放たれていた。惣佑に促《うなが》された咲は、おそるおそるその鉄扉《てっぴ》の前に立つ。

「……どなたかいらっしゃいますか？」

蔵の中。埃《ほこり》だらけの空間に目を凝《こ》らすと、そこに人が立っていた。

両腕にやたらと大量の本を抱え、不安定な体勢を必死に保っている。黒っぽい服を着て、ふわっとした癖毛にべっ甲縁の眼鏡を掛けた、痩《や》せ型の……

「あれっ！」

咲は思わず大声を上げた。

すると本を抱えて唸っていた相手もこちらを向いて、目を見開く。

「さ、咲さん――!?」

目が合った瞬間、抱えられていた本が、ばさばさばさっと派手な音を立てて床に散らばる。

咲はその様子を呆然と目の当《ま》たりにしながら思った。

(この光景、前にも見たことある……)

3

「ここ、久世さんのお家だったんですね」

「うん。……あぁ、派手にやっちゃったなぁ」

久世はふわふわの癖っ毛に手を当てて少し肩を落とした。

しばらくそうしたあと、諦めたように溜息を吐《つ》き、散らばった本を拾い始める。

「蔵の中で本を探していたら、扉から突然白っぽい猫が入ってきたんだ。追い出そうとしたら棚に派手にぶつかって、一番上の段に入ってた本が落っこちてきて……咄嗟《とっさ》にできるだけ受け止めたんだけど……」

せっせと本を拾いながら、苦笑交じりに説明した。

この惨事を招いたのは、先ほど咲たちの目の前を横切ったぶち猫らしい。

そして久世が棚から落ちてきた本たちを支えて唸《うな》っているところに咲が現れ、驚いた拍子に一瞬手を離したことが最終的な結果をもたらした。

つまり、咲が駄目押しをしたことになる。

「すみません、勝手に庭に入ってしまって。散歩してたら変な物音がしたので……」

詫《わ》びを入れつつ、咲は久世を手伝い始めた。

蔵の中に照明はないものの、小さな窓がある上に扉も開いているため、さほど暗くはない。

ちなみに惣佑も蔵の中にいて、あたりを自由に飛び回り「すげぇ、本だらけだ!」などと呟《つぶや》いている。……もちろん、聞こえるのは咲だけだが。

「手伝ってくれて助かるよ。何せ、数が多くて……」

散らばった本はゆうに三十冊を超えていた。それらが収まっていた本棚はさほど厚みのないスチール製のものだが、畳一枚分くらいの大きさで、かなり収納力がある。

驚くのは、同じような棚がこの蔵の中にたくさんあることだ。

蔵自体が相当に広い。十二、三畳はあるだろう。天井も高く、咲のアパートよりよっぽど立派に見える。

その中の三分の二が本棚で占められており、残りのスペースには古めかしい木箱が置かれていた。ぶち猫の大暴れに巻き込まれたのか、その木箱のうち数個が横倒しになり、中身が零《こぼ》れてしまっている。

「すごい数の本ですね。それに、どれも難しそう」

咲は本を拾うのを手伝いながら呟《つぶや》いた。

撒き散らされているのは、どれもハードカバーの本だ。タイトルは日本語だが、読めない漢字や意味の分からない単語が多い。

似た雰囲気の本が、蔵の中にはたくさんある。

「この本は父の蔵書なんだ。父本人が書いたものもある。僕の父は、国文学の研究をしてるんだよ」

「へぇー。……あ、だから久世さんも、大学では文学部に？」

「うん。父はもともと僕や咲さんが通う大学の教授だったんだ。身内びいきを差し引いても、なかなか環境の整ったいい大学だと思って」

「じゃあ、久世さんはお父さまの教え子なんですか？」

「いや。僕が入学したのと同時に、父は海外へ転勤になった。海外の大学に客員教授として呼ばれてね。今もそこで、学生に日本の古典を教えてる。母も父についていったよ」

久世は話しつつ長い指で最後の本を棚に戻した。一息吐《つ》いてから、ようやくふっと微笑《ほほえ》む。

「僕は今、この家でお祖母《ばあ》ちゃんと暮らしてるんだ」

「こんな広い家に、二人だけで住んでるんですか？」

　思わず咲は、正直な感想を言ってしまった。

　蔵に来る途中でちらりと見ただけだが、母屋《おもや》のほうも相当広くて立派だ。咲の実家みたいな、十把一絡《じゅっぱひとから》げの建売住宅とは格が違う。

　それから、久世が『誰かと一緒に住んでいる』ことも、咲にとっては少し意外だった。

　定食屋の『はま』によく行くと言っていたし、何となくマイペースな感じがするので、一人暮らしだとばかり思っていたのだ。

　七面坂の近くに住んでいると聞いたことはあったが、それがまさかこんなに立派な邸宅だとは……。

「この家は江戸時代からここにあったんだ。……咲さんは、『与力《よりき》』って知ってる？」

「あ、はい。確か、昔の警察官みたいな人ですよね」

　詳しくは思い出せないが、時代劇か何かで耳にしたことのある単語だ。

「そう。与力は今でいうと警察署長クラスの役人で、配下の同心を指揮、監督して江戸府内の警備や取り締まりをしてたんだ。僕の先祖は代々その与力を務めてた。与力は幕府から与えられた八丁堀《はっちょうぼり》の組屋敷に住むことが多かったけど、ここに私的な屋敷を建てて余暇を過ごしていたみたいだね。御一新のあとでこっちを本宅にしたんだ」

「じゃあ、このお家は江戸時代からこのままなんですか？」

「いや、母屋《おもや》のほうは建て直しやリフォームをしてる。でも、この蔵なんかは古いままだよ。それから、江戸時代に先祖が使っていたものがだいぶ残ってる。その箱の中にも……あぁ、これも片付けなきゃ」

言いながら、久世は横倒しになった木箱に近づいた。

木箱の大きさは五十センチ四方で、そのまわりに古い巻物や本らしきものが散らばっている。

「猫が箱ごと倒していったんだ。割れ物じゃなくてよかったけど、汚れたりしてないかな……」

「私も手伝います」

膝を折って散らばったものの確認をしている久世の横に、咲もしゃがみ込んだ。そして、開いたまま落ちている本を拾い上げる。

それは和紙を紐《ひも》で束ねて作られた古ぼけた本で、墨で文字が書かれていた。おそらく日本語なのだろうが、見事なまでのくずし字で、なんと書いてあるのか全く分からない。

「それは、僕の先祖がつけていた日記みたいなものだよ」

彼女が和綴《わと》じの本をしげしげと見ていると、横から久世が言う。

「日記ですか……。久世さんは読んだことがあるんですか？」

「……いや、父から話を聞いただけ。僕の先祖は与力という立場上、町中で起こった事件を見聞きする機会が多かったらしくて、普段の生活の他にそういう事件のこともちらっと書いてあるみたいだ。書かれたのは江戸時代の終わり頃かな」

「へぇー。昔から久世さんのお家って、すごいんですね」

今も都内に広大な家を持つ、由緒正しき家系。それが久世家だ。どこを切っても一般人の咲とはやはり、格が違う。

こんな家があるんだなぁーと感嘆の溜息を吐《つ》きつつ、開いていた古い日記をそっと閉じ……ようとしたその時。

「咲、待て！　その本――！」

突然、背後から大声でストップが掛かった。あまりに唐突だったので、思わずびくりとしてしまう。

後ろを振り向くと、惣佑が咲の背中に張りついて和綴じの本を見つめていた。その表情はいつになく険しく、肩が微《かす》かに震えている。目を見開いたまま、微動だにしない。

（どうしたの、惣佑）

そう尋ねそうになって、咲は口を押さえる。

とにかく、いつもの明るく飄々《ひょうひょう》とした彼ではなかった。――明らかに、おかしい。

「久世さん！」

咲はすぐさま惣佑から目を離し、久世に向かって身を乗り出した。

突然挙動不審になった咲に面食らったのか、彼はパチパチ瞬《まばた》きをしながら、ごくっと喉を鳴らす。

「久世さん。あの、あの――トイレ貸してください‼」

（――もうちょっと別の言い訳にするべきだったよね……）

壁にもたれながら、咲は顔を覆《おお》った。

一刻も早く惣佑と二人きりで話をしなければならないと思った。……そこまではいい。だが、だからと言って、男性である久世に向かって『トイレ貸してください』はないだろう。

おそらくあの時の咲はかなり切羽《せっぱ》詰まった顔をしていたはずだ。その上で『トイレ』なんて……

（恥ずかしい……恥ずかしすぎる）

溜息を吐きつつ、咲は顔から手を外した。そこへ、惣佑がすぃーっと近づいてくる。

「おっ、どうしたんでぃ、咲。唐辛子丸呑みしたみてぇな顔して」

「……唐辛子のほうがよかったかも」

今いるのは、久世家の母屋《おもや》にあるお手洗いだ。用を足すためだけの空間なのに、咲と惣佑が入ってもまだ余裕があるほど広い。

そもそも家自体が驚愕《きょうがく》の大きさだった。ここにくるまでに母屋の廊下を少し歩いて分かったのは、基本的に和風で、かなりの部屋数がありそうということだ。

「それより、惣佑。一体どういうこと？　さっき見てた本に、何か気になることがあったの？」

「ああ、それなんだが……」

惣佑は一瞬渋い顔をしたあと、何かを決心したみたいに頷《うなず》いて、再び口を開いた。

「あの本には、俺の知りてぇことが書かれてた」

「……知りたいこと？」

「前に『俺が生きてた頃のことが書かれた本が見てぇ』って言っただろ。それだ」

「ああ……」

確かに、惣佑は以前そのようなことを言っていた。

久世が所属する研究室で大量の本を見た時だ。その時、咲は図書館に行ってみようと提案したのだが、今まですっかり忘れていた。

「ちらっと見ただけだが、さっきの本には――俺が死んだ時のことが書いてあった」

「えぇっ！」

咲は息を呑んだ。

俺が死んだ時、という言葉が強烈すぎて、訊《き》きたいことが次々湧いてくるのに上手くまとまらない。

「俺は、誰かに斬り殺されたんだ。……咲が今住んでる、あの場所でな」

「斬り殺されたって……えっ？　どうして？　何で⁉」

訊き返しつつ、背筋に寒気が走る。

惣佑が亡くなった理由。

咲はそれを聞いたことがなく、病死か事故だと勝手に思っていた。惣佑は誰かに恨みを買うようなタイプではないからだ。

それが斬り殺されただなんて。……一体、なぜ。

惣佑はまだ若かった。そして、まだまだ包丁を握りたかった。彼の料理を待っていた人もたくさんいたはずなのに……

「何で……」

あまりのやるせなさに、咲は俯《うつむ》いて胸を押さえた。

すると、惣佑の手がつ……と頬に伸びてくる。

「咲。俺の話を聞くのが辛《つれ》ぇか？　これ以上は話さねぇほうがいいかい？」

その手には決して触れられないはずなのに、なぜか温かさを感じた。心がすーっと落ち着いていく。

「ううん。大丈夫、聞くよ」

咲が顔を上げると、彼は優しく微笑《ほほえ》み「分かった」と頷《うなず》いた。

「……ありゃあ、浦賀に黒船が来てから三日後の晩の話だ。俺はちょいと用があって、今咲が住んでるあのあたりを歩いてた。そこで突然、暗闇から飛び出してきた男に斬られたんだ。一太刀《ひとたち》で倒れて……あとは分からねぇ。分からねぇまま、気付いた時にはこの姿になってた」

「犯人の姿は見てないの？」

「下手人か。暗がりだったんでな。男だったこたぁ分かるが、そこまでだ。……だけど、多分そん時のことが、さっきの本に書いてある」

「久世さんのご先祖さまが書いた日記だね」

江戸時代、与力を務めていた人物が書き残したものだ。くずし字だったので咲には内容が分からなかったが、同じ時代を生きた惣佑なら読めたのだろう。

「ちゃんとは読めてねぇが、さっき咲が開いてた箇所に『刃傷沙汰《にんじょうざた》』『谷中』って字があった。それから『夕日屋』……俺の店の名前もな」

「お店の名前まで……」

「この世には、俺が生きてた頃のことが書かれた本がある。俺ぁどうして自分が死んだのか知りたくて、その話を書いた本がねぇかずっと探してたんだ。……さっき見てた本を、もっとじっくり読んでみてぇ」

久世の話によると、先ほどの本には江戸末期に谷中で起こった事件の内容が書かれているという。惣佑が何かに巻き込まれて死んだのなら、それについて触れられていてもおかしくない。

「もしかしたら下手人は挙がってねぇかもしれねぇし、今更俺を殺した奴を恨むってわけじゃねぇが……知りてぇんだ。なぁ、咲、なんとかならねぇか？」

彼は真剣な、そして切羽詰《せっぱつ》まった顔で咲を見つめた。

初めて会った日、彼女に向かって『俺の代わりに料理を作ってくれ』と頭を下げた、あの時と同じ表情だ。

懇願。

そんな単語が浮かんでくる。

だから咲も、心を決めた。

——惣佑のために、できるだけのことをしたい。

「久世さんに頼むしかないと思う。私、頼んでみる！」

話が決まれば、実行あるのみだ。

咲は広いお手洗いを飛び出すと、廊下をまっすぐ進んで突き当たりにある部屋の前に立った。咲に家の中を案内した久世が、「この部屋で待ってる」と言っていたのだ。

「久世さん！」

からりと襖《ふすま》を開けると、広々とした和室の真ん中で久世がきっちり正座していた。突然勢い込んで入ってきた咲を、驚いたように見つめる。

「あ、あの、久世さん！　さっき私が見てた『ご先祖さまの日記』なんですけど！」

咲は飛びつくように彼の前に座ると、ぐいっと身を乗り出した。

「あぁ……うん。あれが、どうしたの？」

「あの日記、読ませてもらうことはできませんか!?」

「え、あれを読みたいの？　そうか。うーん……」

彼は腕組みをすると、考え込むそぶりを見せたまま黙ってしまった。唇を引き結び、何だか難しい顔をしている。

「あの……無理でしょうか？」

咲がおそるおそる尋ねると、厳しい顔が少しだけ緩んだ。

「急に黙ってごめん。実をいうとあの日記は……というより、蔵の中で木箱に入っていたものは、すべて久世家の当主が代々引き継いでいくものなんだ。家宝って言ったら分かりやすいかな。財産的価値はそんなにないけど、持ち主の許可がないと何もできない。……それで、今の持ち主は僕のお祖母《ばあ》ちゃんなんだよ」

「じゃあ、お祖母さまに許可をいただく必要があるってことですか？」

「うん。僕の判断で誰かに読ませることはできない」

「だったら、お祖母さまに会わせてください。直接お願いしてみます！」

咲は迷わず言った。知らない人に頼み事をするのは少し怖いが、惣佑のためなら乗り越えられる。

だが、勢いづく彼女の向かい側で、久世がぎゅっと眉根を寄せた。

「お祖母ちゃんに会うだけなら何とでもなるけど……許可を取るのは難しいかもしれない」

「難しいって、どうしてですか？」

「お祖母ちゃんは、あの木箱に入ってるものを表に出したがらない。『封印する』って言ってるんだ」

「封印……？」

「そう。なぜだか理由は分からないけど、ずっとしまっておくつもりらしい。本当は僕や父があの蔵に入ることさえよく思ってないんだ。研究に必要だから仕方なく入るのを許してるみたいだけど、木箱には触れるなと言われてる」

触れるな。

久世の口ぶりは穏やかだったが、実際はかなり厳格に言われているのだろう。眉間《みけん》に寄った皺《しわ》から、困惑がひしひしと伝わってくる。

「お祖父《じい》ちゃんが生きてた頃は、お祖父ちゃんの権限で時々木箱の中を点検してたけど、五年前に亡くなってからはそれっきりなんだ。父が気にして時々口に出すんだけど、お祖母ちゃんは『あんなものを守る価値はない』と言って近づこうとしない」

「守る価値はない……ですか」

「確かにあまり値打ちのある品じゃないけど、父や僕は歴史的資料になると思ってるし、何といっても先祖代々の品だからね。本当は時々外に出して点検や虫干しをしたいんだ。けど……今はお祖母ちゃんの持ち物だから勝手に触ることはできない。そんなわけで、許可も出ないと思う」

話が進むにつれて、事態の難しさが浮き彫りになってくる。

当主の権限で封印された品々。それを見ることは不可能に近い。だが……

（惣佑……）

咲は傍《かたわ》らに浮かぶ惣佑の顔をちらりと窺《うかが》った。

その惣佑は、じっと黙っている。……拳《こぶし》を握り締めて。

彼にはそうすることしかできないのだ。やりたいことがあっても、自分で動くことはできない。代わりに動けるのは咲だけだ。

「それでも、どうしても見たいんです。久世さん、お祖母《ばあ》さまとお話しさせてください！」

諦めたくなくて、咲は久世の瞳をまっすぐ見つめた。

すると彼が、ふっと微笑《ほほえ》んで頷《うなず》く。

「分かった。僕も一緒に頼んでみるよ」

「ホントですか⁉」

「うん。実は木箱の中をじっくり見たことがなくて、自分でも一度確認したいと思ってたんだ。えーと……お祖母ちゃんは今ちょっと出かけてて、もうすぐ帰ってくると思うけど、どうする？　ここで待ってる？」

はい、と頷きかけたが、咲はそこで自分の格好に目をやった。

みっともなくはないはずだが、いかんせん、カジュアルすぎる。今から会って難しそうな『お願い』をする相手は、自分より遥《はる》かに年上で、なおかつ名家の当主なのだ。もう少しきちんとした服のほうがよさそうである。

「私、何か手土産《てみやげ》になるようなものを持って、出直してきます！」

咲の言葉に、久世は首を傾《かし》げた。

「……そこまでする必要、ないんじゃないかなぁ」

「いいえ、ちゃんとご挨拶《あいさつ》したいですから」

ぱっと勢いをつけて、咲は立ち上がった。

そのまま部屋を出かけて、はたと足を止める。

「久世さん、お祖母《ばあ》さまって、アレルギーとか『これは苦手』みたいな食べ物はありますか？」

「特に思い当たらないなぁ……どうして？」

「手土産の参考にしようと思ったんです。ありがとうございます。じゃあ、一旦失礼しますね。またあとで！」

4

勢いよく久世の家を飛び出した咲は、その足でまず上野駅に向かった。手土産を買うためだ。

東京の玄関口の一つにあたる上野駅には、銘品を売る店が多くある。都内の有名店も支店を出しており、質もいい。

思ったより店がたくさんあって選ぶのに手間取ったが、惣佑のアドバイスを受けた咲は老舗《しにせ》の和菓子を買った。

すぐさま谷中に帰り、自宅アパートできちんとした服に着替える。

袖を通したのは入学式で着たスーツだ。

もう七月に入っていて長袖のジャケットでは暑かったが、持っている服の中ではこれが一番上等なので我慢するしかない。

あれこれ準備を整えて、彼女が再び久世家の門をくぐったのは一時間半後だった。

玄関で出迎えた久世は、神妙な顔で「お祖母《ばあ》ちゃんはさっき帰ってきたよ」と囁《ささや》き、咲を客間に案内する。

家の中は基本的に和風だが、通された客間は絨毯《じゅうたん》が敷かれた洋室だった。

部屋の中央にはガラス製のテーブルと天鵞絨《ビロード》張りのソファーセットが置かれ、天井からはシャンデリアが下がっている。

客間に咲を通すと、久世は一旦部屋の外へ出ていった。

咲はふかふかのソファーに浅く腰掛けて緊張と戦う。惣佑も斜め上に黙って浮かび、ぐっと表情を引き締めていた。

客間のドアが静かに開いたのは、五分ほど経ってからだ。

「こ、こんにちは！」

咲に弾かれたように立ち上がり、ぺこりと頭を下げる。

部屋に入ってきたのは、渋い色の和服をきっちりと着こなした老婦人だ。その後ろにお茶の乗ったお盆を持った久世が続いている。

「あなたが、穂積の後輩の――」

老婦人は咲をまっすぐ見つめた。久世があらかじめ、咲の素性についてある程度説明してくれたらしい。

「はい。春野咲と申します」

「……そう。わたしは穂積の祖母の千代乃《ちよの》です。まぁ、お掛けなさいな」

「はい。失礼します……」

老婦人こと千代乃が腰掛けるのを見届けて、咲も慎重に座った。久世もテーブルの上にお茶を並べて、咲の隣に座る。

「穂積、お茶が一つ余分だよ」

並べられた湯呑みを見て、千代乃が言った。

出されているお茶は四人分。本来なら、咲と千代乃と久世の三人分だけでいいはずだ。

「あれ……あ、そうか」

久世は部屋の中をきょろきょろと見回したあと、困ったような顔つきで癖っ毛に手を当てる。

（もしかして、久世さんて少しドジっ子……？）

そんなことを考えた咲は、噴き出しそうになった。さらに、千代乃がびしっと言い放つ。

「もう二十四になるっていうのにそそっかしい子だね。しっかりなさい」

「はい……」

叱《しか》られた久世は、肩を落としてしょげ返ってしまった。ちょっと厳しいお祖母《ばあ》ちゃんとその孫という、ある意味微笑《ほほえ》ましい構図だ。

久世からはどことなくお祖母ちゃん子の気配が漂《ただよ》っている。父親のことは『父』と呼ぶのに、祖母のことは『お祖母ちゃん』と呼ぶあたりが、特に。

（なんか今日の久世さん、可愛いかも）

彼の新たな一面を発見して、咲の緊張は少し解けた。そこで改めて、千代乃としっかり向かい合う。

彼女は線が細くややきつい顔立ちをしているが、背筋がすっと伸びて凛《りん》としていた。見事な白髪《しらが》を後頭部できっちりまとめている。

かなりの高齢のはずなのにどこにも隙がなく、顔を合わせているだけで人を恐縮させる強いオーラを放っていた。

「あの、これ、つまらないものですが……」

そのオーラに負けじと姿勢を正して、咲はまず上野駅で買ってきた手土産《てみやげ》の包みを差し出す。

しかし千代乃はそれに手を触れずに、挑むような眼差《まなざ》しを向けてきた。

「咲さんと言ったね。わたしに話があるそうだけど、どんな用件だい？」

早速来た。これからが本題だ。

「は、はい、あの……私、この久世家の蔵に入っている、ご先祖さまの日記を拝見させていただきたいんです。今日はそのお願いに参りました」

「先祖の日記だって？　なぜ、あなたがそのことを……？」

千代乃が眉を吊り上げる。

親族でさえ触るのを禁じているのに、赤の他人の咲が突然、木箱の中身について口にしたのだから無理もない。

「それは僕が説明するよ、お祖母ちゃん」

すかさず久世が、先ほど蔵の中で起こった出来事を話した。

猫の悪戯《いたずら》で偶然にも木箱が開いてしまったことを上手く説明してくれたおかげで、千代乃はひとまず納得の表情を浮かべる。

「事情は分かった。だけど、あの木箱はあのまま眠らせておくと決めてるんだよ。見せるわけにはいかないね」

案の定、否定の言葉が返ってきた。

だが、こんなことは想定内だ。ここで引き下がるわけにはいかない。

「そう言わずに、どうかお願いします。私、どうしてもあの日記が読みたくて……」

「断る」

「お願いします！」

「何度言われても同じだね。あの箱の中身は……」

「──お祖母《ばあ》ちゃん」

頭を下げる咲と、断る千代乃。そこへ割って入ったのは久世だった。

「お祖母ちゃん、僕からもお願いするよ。あの箱の中身を、僕も見てみたいんだ。あの中に入っているのは久世家に代々伝わるものでしょう。大事に伝えていかないと……」

「やめて！」

孫息子の言葉を、千代乃は悲鳴みたいな声で遮《さえぎ》った。

年相応に美しい顔を苦しそうに歪《ゆが》め、こめかみに華奢《きゃしゃ》な指を押し当てて首を振る。

「やめておくれ。あんなものの話をするのは。わたしはあんなもの、もう守りたくないんだ。……いや違う。ずっとそうだっていいと思ってたんだよ。でも、まわりがそうさせてくれなかった……」

嘆くようにそう言うと、彼女は音もなく立ち上がった。そのまま、部屋を出ていこうとする。

「待って、お祖母ちゃん」

久世が立ち上がり、縋《すが》りついて千代乃を止めた。

咲も慌てて二人の傍《そば》に駆け寄る。

「待って、待ってください。そ、そうだ、お土産《みやげ》。せめて、これだけでも召し上がってください！　和菓子なんです！」

手つかずのままテーブルに放置されていた手土産を、改めて手渡した。

このままではろくに話もできないうちに千代乃が引き揚げてしまう。それを防ぎたかったのだ。

「和菓子……？」

千代乃は手にしたものをしげしげと見つめたあと、その場で包みを解き始めた。包装紙を取り去り、出てきた箱を開ける。

「これは……」

目を見開いた千代乃に向かって、咲は叫んだ。

「銘和堂《めいわどう》のおはぎです！」

手土産《てみやげ》に選んだのはおはぎだ。銘和堂は名の通った菓子店で、駅の中にある店舗にもかかわらず店の中で製品を作って販売している。

作っている様子を惣佑が偵察に行き、彼が品質に太鼓判を押した。二人で選んだものだ。これなら気に入ってもらえるだろう。

そう思ったのだが……

「こんなものいらないよ。持って帰っておくれ！」

箱の中身を見た千代乃はわなわなと震え出し、しまいには咲をキッと睨《にら》みつけた。

「え……？」

呆然とする咲の目の前に、おはぎの入った箱が突き返される。

そこへ、慌てた様子で久世が口を出した。

「お祖母《ばあ》ちゃん、咲さんがせっかく持ってきてくれたんだから……」

「いいや、これだけは受け取れないね。礼儀知らずで結構。……こんな甘ったるいだけの偽物のおはぎ、見たくもない！」

「お祖母ちゃん！」

「穂積、離してちょうだい。……気分が優れないの。部屋に戻らせて」

久世を振り切って、千代乃は客間のドアに手を掛けた。

そこでようやく咲は我に返り、今にも部屋から出ていこうとしている華奢《きゃしゃ》な背中に向かって叫ぶ。――咲自身と、惣佑の想いを籠《こ》めて。

「待ってください、千代乃さん！　お身体が優れないようでしたら今日は帰って、出直します。……ですから、改めて話を聞いてください！」

千代乃は首だけで振り返った。

「何度来ても、わたしの返事は変わらないよ」

「それでも来ます。どうしても、あの日記が見たいんです。お願いします！」

咲は深く頭を下げた。

どのくらいそうしていただろう。やがて、千代乃の呟《つぶや》きが聞こえる。

「……そんな偽物のおはぎを見せられたら、話をする気にならないね」

それを最後に、客間のドアはパタリと閉まる。

咲の手に、受け取ってもらえなかったおはぎの重さがずしりと響いた。

5

そんなわけで、咲は千代乃に、にべもなく、けんもほろろに、取り付く島もなく……と無限に言葉を重ねたくなるほど見事に一蹴《いっしゅう》された。しかも、手土産《てみやげ》を突き返されるというオプション付きだ。

だが、それでも諦めたくなかった。

ここで諦めたら、惣佑の死の真相は永遠に分からないかもしれない。

百六十年以上一人で彷徨《さまよ》っていた彼が、知りたいと強く望んだこと。その望みを叶えられるのは咲しかいないのだ。

拳《こぶし》を握り締めてやる気をみなぎらせる彼女に、久世が協力を申し出てくれた。

彼は、千代乃があんなに取り乱した姿を見たのは初めてだという。

特に、手土産のおはぎを見た時のあの怒り方は、孫息子の目から見ても尋常《じんじょう》ではなかったようだ。

千代乃が客間から出ていったあと、久世は「お祖母《ばあ》ちゃんがおはぎをあんなに嫌っているなんて知らなかった。知ってたら助言できたのに、ごめん」と咲に詫《わ》びた。

なぜ、千代乃はおはぎを拒絶したのか。そもそも、なぜ先祖代々の品を封印しようとしているのか。全く分からない。

だが、あの時、千代乃は最後にこう言った。

『そんな偽物のおはぎを見せられたら、話をする気にならないね』

偽物を持ってくるなら話はしない。それは逆に言えば、本物を持ってきたら話を聞くということだ。

ならば、その本物のおはぎを探せばいいと思った。

千代乃の言う本物が何を指すのかは分からない。だが、おはぎは、おはぎ。足を使って探せば、必ず彼女の意に沿うものが見つかるはずだ。

咲と久世はそう話をまとめて、次の日から早速、本物のおはぎ探しを始めた。

江戸時代ならいざ知らず、現代で探しものをするならインターネットという最強のツールがある。また、本屋には和菓子に特化したグルメ雑誌が豊富に並んでいた。

名家の当主である千代乃が本物と言うからには、それなりに歴史があったり、評判の高いものを指しているだろう。それだけでずいぶん候補が絞られる。

そうやって情報を集めているうちに、あっという間に時間が過ぎた。もう一度千代乃と対峙《たいじ》することになったのは、初めて会ってから一週間後のことである。

その日、咲と久世は集めた情報をもとに都内を駆け回っておはぎを買い集め、それを持って再び千代乃と向かい合った。

今度こそ日記を見せてもらいたい。その希望を胸にして。

だが……

「二回目も、にべもなく、けんもほろろに、取り付く島もなく断られてしまいましたね……」

「うん。前回以上にすげなく、きっぱり、無情に追い払われた……ごめん、咲さん」

「久世さんのせいじゃないですよ。久世さんは私以上にいろいろ調べてくれましたし、謝らないでください」

久世はこの一週間、咲と一緒におはぎの情報を集めた上、海外にいる自分の父――つまり、千代乃の息子に連絡して事情を聞いたらしい。

だが久世の父も、千代乃が先祖代々の品を封印したがっている理由は知らないし、おはぎを見て激高《げっこう》した理由はもっと分からないという。

「本物のおはぎって、何だろう……」

咲の隣を歩く久世が、ポツリと呟《つぶや》く。

先ほど久世邸で千代乃に二度目の拒否を食らい、咲と久世は次回の作戦会議をするために外に出ていた。

立ち話では暑すぎるので、久世の提案で彼の行きつけの喫茶店に行くことになり、今は谷中の町を二人で歩いている最中である。

今日は休日なので、谷中銀座商店街や、咲のアパートにほど近い三崎坂などの大きな通りは観光客で賑わっていた。だが、谷中に長く住んでいる久世は抜け道を知っていて、細い路地を迷わず進んでいく。

「老舗《しにせ》のものはたいがい押さえたし、黄粉《きなこ》や胡麻《ごま》のおはぎも入れた。……けど、どれも外れだったね」

木漏《こも》れ日の下で、久世の表情が曇る。

今日も黒っぽい服を着ているので、余計深刻そうに見えた。前回に引き続きスーツ姿の咲も、その隣で溜息を吐《つ》く。

彼の言う通り、今回も外れだった。千代乃は咲たちが持ってきたおはぎを一目見て「どれもこれも偽物だ」とそっぽを向いてしまったのだ。

きちんと調べていろいろな店を回り、試食もさせてもらった上で一つ一つ揃えたおはぎである。

その数、二十個。

高級な老舗のものが中心だが、谷中の店のものはすべて押さえた。千代乃は昔から谷中の住民であり、地元の味が正解ということもあり得ると考えたのだ。

しかし、苦労して集めたそれらは、偽物として突き返された。

受け取ってもらえなかったおはぎは、明日久世が研究室に持っていってみんなで分けて食べることになっている。

ちなみに、一週間前に突き返された銘和堂のおはぎは、咲が一人で食べた。四つ入っていたのだが、あまりに美味《おい》しくてぺろりと平らげてしまったほどだ。

先週のおはぎも今週のおはぎも、咲の目には本物にしか見えない。

咲だけではない。久世もそう思ったはずだし、咲と一緒に吟味《ぎんみ》した惣佑の折り紙付きでもあった。それなのに……

(惣佑、また断られちゃってごめん……)

咲は心の中で謝りながら、斜め上を黙って飛んでいる惣佑を見つめた。

目が合うと、その惣佑の顔がふっと緩む。不甲斐《ふがい》なさを責め立てることなどなく、逆に励ましてくれているようなその表情に、咲の心がほわっと温かくなった。

「——あれ、坊ちゃん！　久世の坊ちゃんじゃないか！」

その時、横合いから飛びぬけて明るい声が掛かる。

咲と久世が同時に足を止めると、そこは小さな店の前だった。位置的には、谷中銀座商店街から少し北に外れた場所になる。

店の前には大人の胸の高さくらいのガラスケースが出ていて、それが入り口を半分ほど塞《ふさ》いでいた。

声を掛けてきたのは、どうやらその店の主人らしい。咲の父より少し年上……おそらく五十代後半くらいの男性で、顔が満月みたいに丸く、恰幅《かっぷく》がいい。

咲は上を向いて店の看板を見た。そこには『おこわ・赤飯・まんまる堂』と書いてある。

「こんにちは、丸蔵《まるぞう》さん」

久世が声を掛けてきた店主のもとへ歩み寄った。店主の名前は丸蔵というらしい。

（おじさんの顔と名前と店名が、ぴったりリンクしてる……）

そんな失礼なことを思いつつ、咲も久世の横に並ぶ。

「久しぶりだなぁ、坊ちゃん。すっかり大きくなって。この間まで高校生だったよなぁ」

「今はもう大学院生です。……そろそろ坊ちゃんは、勘弁してください」

「あはは、悪い悪い。小さい頃から知ってるからついつい。……おや、そちらのお嬢さんは？　もしかして、デートだったかい？」

デート、という突拍子もない単語が出てきて、咲は思わずポカンと口を開けてしまった。

隣で久世が苦笑する。

「丸蔵さん、彼女は僕の大学の後輩で、春野咲さん。今、ちょっと一緒に調べ物をしてるんです。……咲さん、こちら、おこわ屋の丸蔵さんだよ。ずっと昔からここでお店をやっていて、家族みんなで顔馴染《かおなじみ》なんだ」

「こんにちは、お嬢さん。谷中の子かい？」

丸蔵に笑顔を向けられ、咲は頷《うなず》いた。

「はじめまして。春野咲です。四月から進学で谷中に引っ越して……って、あれ⁉」

自己紹介は中途半端に途切れた。代わりに、目がガラスケースに釘付けになる。

「これ、おはぎ……え、どうして⁉」

ケースの中にあったのは、一人前ずつパックされたおこわと、銀のトレイに並べられたおはぎだ。

咲は目の前の光景が信じられなかった。なぜなら、千代乃に渡すおはぎを探していた時、谷中の和菓子店の情報は一通り調べたからだ。

だが、この店のおはぎの情報はどこにも掲載されていなかった。完全に、見落としである。

「ああ、それか。うちはおこわ屋だが、余った餅米でおはぎも作ってるんだ。道楽みたいなもので観光ガイドなんかには載せてないがね。……おはぎがどうかしたのかい？」

丸蔵の問いに、久世がやや渋い顔をして答えた。

「僕たちは、お祖母《ばあ》ちゃんのために本物のおはぎを探してるんです」

「本物のおはぎ？　何だそりゃ」

丸蔵は片眉を吊り上げて首を傾《かし》げる。しばらくそうしたあと、店の奥を指さした。

「何が何やら分からないが、よかったら上がってくかい？　千代乃さんのことなら親父からちょっと聞いている。こんな俺でも何か力になれるかもしれないよ」

丸蔵が後ろを向いて「おーい」と一声呼び掛けると、店の奥から女性がいそいそと出てくる。店主と同じようにまんまるの体型をしたその女性は、丸蔵の妻だという。彼女に店番を頼んだ丸蔵は、咲と久世を案内して店の裏手に回った。そこが彼の自宅の玄関だ。

通されたのは一階の六畳間。畳敷きの部屋の真ん中に四角い座卓があり、入り口の向かい側にあたる部分は襖《ふすま》になっている。

丸蔵は、咲と久世の前に冷たい麦茶の入ったグラスを置きながら言った。

「あの襖の向こうが店の調理場だ。俺たちの普段使いの台所でもあるけどな。その調理場のさらに向こうが店になってる」

つまり、店舗と自宅がくっついているらしい。

ひとまず麦茶を飲んで落ち着いたところで、久世が今までのことをざっと説明した。

咲が久世家に伝わる先祖の日記を読みたいと思っていること。千代乃が先祖代々の品を封印していること。そして、おはぎを見て偽物だと激高《げっこう》したこと……

「というわけで、僕たちは本物のおはぎを探してるんです」

「……本物のおはぎねぇ」

久世の説明を聞くと、丸蔵は太い腕を組んで考え込むポーズを取る。

「あの、もしかして本物って、丸蔵さんのお店にあるおはぎだったりしませんか⁉」

先ほどの会話によると、丸蔵の家と久世家は昔から繋がりがあった。それなら、丸蔵の作ったおはぎに千代乃が親しみを覚えていてもおかしくない。

咲はかなり期待を籠《こ》めて訊《き》いたが、丸蔵はあっさり否定した。

「少なくともうちのおはぎじゃないことは確かだねぇ。うちがおはぎを作り始めたのは今年に入ってからだ。千代乃さんはよくうちに来てくれるけど、買っていくのはいつも赤飯と山菜のおこわで、おはぎを買っていったことはないなぁ」

「そ、そうですか……」

期待が大きかっただけに、外れたショックは倍増だ。咲はがっくりと肩を落とした。

「お嬢さん、まぁそう落ち込みなさんな。本物のおはぎについては分からないが、千代乃さんが先祖の品をしまい込んだままにしている理由なら、ちょっと心当たりがある」

「え、ホントですか⁉」

「どういうことですか、丸蔵さん」

思わぬ言葉に、咲と久世は揃って身を乗り出す。

「まぁまぁ落ち着いてよ、お二人さん。心当たりがあると言っても、正解かどうかは分からん。何せ、俺は親父から話を聞いただけだしな」

丸蔵は少し目を細めて、壁に掛かっていた額縁を見上げた。額に入っていたのは写真だ。丸蔵によく似た男性の、胸から上が写っている。

写真を見た久世が、静かに言った。

「丸蔵さんのお父さん……まんまる堂の、先代のご主人ですね」

「あぁ。亡くなってもう二年だ。うちの親父……丸一郎《まるいちろう》っていうんだがな、その親父と千代乃さんは幼馴染《おさななじみ》だったんだ。俺は親父から千代乃さんのことをちょくちょく聞いてた」

丸蔵は父親の写真を眺めつつ、ゆっくりと話し出す。

「千代乃さんと親父は昔からこの谷中に住んでたんだが、もう一人、年の近いのが近所にいたんだ。名前は、笠木善之助《かさぎぜんのすけ》。親父は『善《ぜん》さん』って呼んでたなぁ。千代乃さんの家は江戸時代は与力で、それ以降は代々学者の家系だ。善さんの家は会社を経営してたんで、社長さんだな。うちはこの通りしがないおこわ屋だが、千代乃さんも善さんも、子供の頃から分け隔《へだ》てなく接してくれたと言ってたよ」

話を聞きながら、咲は惣佑の姿を探した。

彼は襖《ふすま》のあたりを漂《ただよ》い、丸蔵の話をじっと聞いている。

「親父たちが子供の頃は戦争の真っただ中だったんだが、善さんのお父上が田舎《いなか》に別荘を持っていたらしくてね。三人揃ってそこに疎開して、戦禍を逃れたそうだ。戦後はまた谷中に戻ってきて、それぞれ成長した。……それで、千代乃さんと善さんは結婚を誓い合う仲になったんだ」

そこで、久世の身体がピクリと動いた。

「えっ、でも、お祖母《ばあ》ちゃんは別の人と……」

「そうなんだよ、坊ちゃん。二人はそれぞれ別の人と結婚した。だがそれには理由があるんだ。坊ちゃんは、千代乃さんにお兄さんがいたのを知ってるかい？」

「……いえ、知りません」

「そうか。まぁ知らなくても仕方ない。何せ、坊ちゃんのお父さんが生まれるより前に亡くなったからなぁ。……最初はこのお兄さんが久世家を継ぐことになってたんだ。千代乃さんはいわば自由の身で、善さんと結婚を誓っていた。でも跡継ぎであるお兄さんが病気で亡くなってしまって、急きょ千代乃さんが婿《むこ》を取って家を継ぐことになったんだよ」

「そういえば……お祖父《じい》ちゃんが婿養子なのは知ってました」

久世は中指を細い顎《あご》に当てて頷《うなず》いた。

「いっぽうで、善さんは長男で一人っ子だった。善さんも善さんで、自分の家と会社を継がなきゃならない。だから、二人は結婚できなかったんだ」

家を継ぐ。会社を継ぐ。——継がなければならない。

その感覚が、咲にはよく分からなかった。実家には継ぐものなどないし、今時家をどうこうなんてズレている気がする。

だが、そういう時代は確かにあった。千代乃は、その時代を生き抜いてきたのだ。

「善さんはいずれ会社を背負って立つ人だったが、経営手腕を学ぶより台所で料理を拵《こしら》えるのが好きだったらしい。疎開している時もしょっちゅう別荘の台所に立って、戦争で食べ物が少ない中、工夫を凝《こ》らしておやつを作ってくれたそうだよ。とにかく優しいお人だった。そして、千代乃さんはあの通り綺麗な人だからねぇ。それはそれはお似合いの二人だった……っと、孫息子の坊ちゃんがいる前でこんなこと言ったらまずいかね」

丸蔵が確認するように問うと、久世は「大丈夫です」と返して眼鏡を押し上げた。

「千代乃さんは婿を取って家を継ぐのを相当渋ったそうだ。最後はまわりが押し切る形で話を進めた。彼女にとっては、家よりも善さんのほうが大事だったんじゃないかねぇ。だから久世家のしがらみにうんざりして、代々続く品なんてもういらないと思ってるのかもしれないよ」

咲はようやく、千代乃の気持ちが分かってきた。

久世家の蔵に眠る品は、千代乃にとっては自分を縛りつけるものであり、愛する人との仲を引き裂いたものだ。

それを処分できる立場にありながらも、封印するだけで済ませているのは、もしかしたら彼女の良心なのかもしれない……

咲が黙って考え込んでいると、横で久世が言った。

「丸蔵さん。善さん……笠木善之助氏は、今、どうされているんですか？」

「ああ、善さんは千代乃さんが結婚するより前に、会社の取引先のお嬢さんと祝言《しゅうげん》を挙げてね。それからすぐ会社を大きくして、本社の移転と同時に谷中から引っ越していったよ。坊ちゃんたちは『カサギエンジニアリング』って会社、知らないかい？」

「あぁ、知ってます。確かモーターを作っている会社ですよね」

答えたのは久世だったが、咲もカサギエンジニアリングの名前は知っている。テレビの全国放送でＣＭが流れるほどの有名企業だ。

「善さんはその、カサギエンジニアリングの初代社長なんだ。谷中に会社兼自宅があった頃は『笠木工業《かさぎこうぎょう》』っていう、町工場に毛が生えたくらいの会社だったらしいが、それを一代であそこまで大きくした。いやぁ、立派だねぇ。今は勇退して、自宅で過ごしてるはずだ。毎年うちに年賀状を送ってくれるよ」

丸蔵の話はそこで終わった。

咲は、襖《ふすま》の前で漂《ただよ》う長身にそっと目をやる。

惣佑は黙って空中に浮かんでいた。

どこか遠くを見るような、寂しそうな目をして。

6

その日の夜。

咲は自分のアパートで夕食を済ませたあと、何となく外の空気を吸いたくなってふらりと外へ出た。

千代乃に会うために昼間はずっとスーツを着てパンプスを履いていたが、今はコットンのノースリーブワンピースにサンダルという軽装だ。

時刻は夜の八時。日が完全に落ちて暑さが幾分和《やわ》らぎ、サンダル履きの素足に吹きつける風が心地いい。

一応、ペットボトルのお茶を買いに行くという目的があったが、コンビニの手前の小さな公園で咲の足は止まった。ブランコとベンチしかなく、公園と呼ぶにはささやかすぎる場所だ。誰もいないそこに、足を踏み入れる。

「おいおい咲、こんなところで寄り道か？」

そのままブランコに腰掛けた咲に向かって、斜め上から惣佑が呆れた顔で言った。

もともと目的などあってないような外出だ。昼間、あれこれいろんなことがありすぎて、狭い部屋にいるのが嫌になっただけなのだ。

「ついてこなくてもいいよ」と言ったのに、惣佑は「夜道を女一人で歩かせるわけにゃいかねぇよ」と言い張った。

わざわざボディーガードを連れていかなくても、都会の夜は明るい。この公園だって、狭いのに街灯が二基も設置されている。

そもそも幽霊ではボディーガードにならない気もするのだが、それでも彼は頑《かたく》なに同行を希望し、こうして咲にくっついてきた。

(意外と心配性なんだよね、惣佑って)

一緒に料理をする時、惣佑は必ず「火傷《やけど》すんなよ」とか「手ぇ切るなよ」とか、一言添えてくれる。そんな彼の優しさは、嬉しくて少しくすぐったい。

「疲れてねぇか、咲」

まさに惣佑のことを考えていた矢先に優しい声を掛けられて、咲は思わず破顔した。

「身体は疲れてないよ。……あ、最近あんまり料理作ってないよね。ごめん」

大学に通う一方でおはぎの情報を調べていると、あっという間に一日が終わってしまう。

家に帰ってくると張り詰めていた神経が一気に緩み、料理をする気になれなかった。だから最近は、外食や買ってきた総菜で食事を済ませている。

さっき食べた夕食は、丸蔵の店で買ってきたおこわだ。美味《おい》しかったが、惣佑の出番はなかった。

「料理のことなんて気にすんな。本当に、疲れてねぇか？」

少し上を飛んでいた惣佑がすーっと下りてきて、咲の隣に並ぶ。

「大丈夫。……それよりも、本物のおはぎって何だろう。もう、全然分からないよ」

どうしても言葉に溜息が交じる。

昼間、おこわ屋の丸蔵の話を聞いて、千代乃がなぜ先祖代々の品を封印しようとしているのかは何となく分かった。

だが、本物のおはぎについては何一つ進展していない。

あちこち駆けずり回って集めたものは、結局一つも受け取ってもらえなかった。早くご先祖さまの日記を読みたいのに、交渉の席に着くことさえできていないのだ。

丸蔵の家を出たあと、咲と久世は引き続きインターネットなどでおはぎの情報を集めてみようとだけ決めて、解散した。限りなく行き詰まっている感じがする。

「……無理させちまって悪《わり》ぃな。あの日記は俺が勝手に気になってるだけだ。これ以上、我儘《わがまま》に巻き込むわけにゃあいかねぇや」

「無理してないよ！　久世さんのご先祖さまが残した日記のことは、私も気になってるし」

咲は慌てて頭を横に振った。

惣佑にこれ以上気を回させたくない。それに、自分自身でも日記が気になっているのは本当だ。

この件には足どころか腰までどっぷりと突っ込んでしまっている。ここで放り出したら悔いが残るだろう。

「そうだ。ねぇ、惣佑はどう思う？　本物のおはぎについて、何か見当ついた？」

惣佑が「もういい」と言い出す前に、咲は先手を打って口を開いた。

「いや……分からねぇな」

「ホントに？　惣佑でも全然分からないの？」

「ああ。そもそもよ、蒸して潰した餅米のまわりに餡《あん》やら黄粉《きなこ》やらをまぶしたのがおはぎだ。本物も偽物もあるもんかい」

惣佑はスパンと薪《まき》を割るように言い切った。和菓子とはいえ、おはぎも料理の一つ。言葉の端々に料理人の自信が垣間《かいま》見える。

「同じもんを作る以上、誰が作ってもそこまで差は出ねぇはずなんだ。特に、見た目はな。俺が生きてた頃もおはぎは出回ってたが、材料も作り方もほとんど今と変わんねぇ。違いがあるとすりゃあ、餅米のまわりに黄粉をまぶすか餡にするか、他のもんにするかだが……咲たちはその辺も考えていろいろ持ってっただろ。それでも違うって突っ返された」

今回、千代乃のもとには二十個のおはぎを持参した。内訳は、餡をまぶしたものが十二個、黄粉と胡麻《ごま》がそれぞれ四個ずつ。すべて別の店のものだ。

おはぎを買いに訪れたいくつかの店では、売り場のすぐ横に調理場を設《もう》けてあり、惣佑は自分の目で商品が作られるところを見ている。その惣佑が言うのだから、実際にほとんど差はないのだろう。

もちろん、見た目に差がなくても、食べてみればそれぞれ違いはあるはずだ。だが千代乃はおはぎに手を付けず、見ただけで「違う」と言い切った。

同じようなおはぎのどこに違いがあるというのか……。

「それからな、俺にはもう一つ、解《げ》せねぇことがある」

考え込んでいた咲の横で、惣佑が言った。

「何？」

「あの痩《や》せ細《ほそ》った鶏みてぇな婆さん、最初に咲が持ってったおはぎも突っ返してきただろ？　そん時言ってたことだ」

綺麗に年を重ねている千代乃を指して鶏は酷《ひど》いと思ったが、ツッコんでいる場合ではないので咲はとりあえず頷《うなず》く。

惣佑が言っているのは、千代乃に初めて会った日に、上野駅で買ったおはぎのことだ。

「あん時、あの婆さんは『こんな甘ったるいだけの偽物のおはぎ、見たくもない』って言ったろ」

「うん。言ってたね」

「けどよ、咲。そもそも菓子は甘《あめ》ぇもんじゃねぇか。俺が生きてた頃は、砂糖をたくさん使うおはぎほど上等扱いされて喜ばれた。砂糖は貴重だったからな。……つまり、甘ぇおはぎほど本物ってことにならぁ。でも、あの婆さんは甘ぇのが偽物だと言った」

そこまで言うと、惣佑はふっと一息ついて、咲のほうを向いた。

「……ま、甘ぇのが本物って感覚は、俺が生きてた頃の話だけどな。今はどうなんでぃ？」

「うーん、甘さ控えめがウケたりもするけど……それでもおはぎは甘いと思うよ」

少なくとも、咲は甘くないおはぎなど知らない。

惣佑と話をしていると、本物のおはぎが何なのか余計分からなくなった。

だが、分からなくても諦めるわけにはいかない。ふるふると頭を振って、咲は不安な気持ちを追い出す。

と、そこへ、惣佑が何かを思い出したように「あ」と口を開いた。

「そういや、今日の昼間、膨らんだ餅みてぇな親父に会ったろ？」

咲に腰掛けていたブランコから転げ落ちそうになった。今度ばかりは例えがあまりにも酷《ひど》すぎる。

「餅って……丸蔵さんのことだよね？」

「ああ、そいつだ。その親父が言ってた『戦争』っつうのは、やっぱりアレか。『合《かっ》戦《せん》』のことか」

「……まぁ、そうだよ。江戸時代とは違って、日本が一つの国になって外国と戦ってたの。それで、女の人や子供は巻き込まれないように田舎《いなか》に逃げたりしてたみたい。『疎開』っていうんだよ。丸蔵さんのお父さんや、千代乃さんや、善之助さんもそうしたって言ってたでしょ」

千代乃たちの疎開先は善之助の父親の別荘だ。そこで彼らは子供時代を過ごした。

「ああ、食い物がなかったとか言ってたな」

「そうそう。戦時中は食べ物がなくてみんな困ったみたい。畑仕事をする人がいなかったし、ただでさえ少ない食糧は、戦ってる兵隊さんに優先されるから……」

「食《く》い物《もん》がねぇなんて、まるで飢饉《ききん》じゃねぇか」

惣佑は腕組みをして顔を顰《しか》めた。

「飢饉かぁ……確かにそれに近いかも」

「そりゃ大変《てーへん》だ。俺が生きてた頃も藩によっちゃちょくちょく飢饉《ききん》があったみてぇだぜ。俺自身は難を逃れたが、寒い地方じゃ、死人がわんさか出たらしい。酷《ひで》ぇ時は、古い紙まで食ったたって話だ」

「え、か、紙⁉　それって、字を書くあの紙のこと？　あんなのどうやって食べるの⁉」

突拍子もない話になり、咲は思わず叫んでしまった。

「水につけてふやかした古紙を蒸し上げてから練って、餅みてぇにして食ったんだ。なかなか美味《うま》かったらしいぜ」

「えー、嘘ぉ……」

とても信じられない。

紙を食べるなんて、考えただけでヤギか何かになりそうだ。

「嘘じゃねぇさ。そもそも、紙を食うこと自体は飢饉じゃねぇ時もやってたんだぜ。さすがに得体の知れねぇ古い紙は使わねぇが、奉書紙《ほうしょし》っつってな、経文なんかを書く上等の紙を水につけて潰して、葛粉《くずこ》と混ぜて餅にして、味噌汁に入れて食ったんだ。めくり餅とか呼ばれて、縁起物の珍味としてありがたがられてたんだぜ。……なんなら今度、一緒に作ってみっか？」

「いやいやいや、いいです！」

ヤギになりたくはなかったので、全身全霊で断った。そんな咲を見て、惣佑がおかしそうに笑う。

「ま、紙まで食った奴はそうそういなかったが、飢饉の時は野草やら蛙《かえる》やら、食えそうなもんは何でも食ったみてぇだな」

「そういえば、戦時中も普段は食べないものを食用にしてたって聞いたよ。千代乃さんたちも、そういうの食べてたのかなぁ」

「そりゃ、食い物がなきゃそうだろ。でなきゃ死んじまう……って、ちょいと待ちねぇ」

惣佑の表情が、急にきりりと引き締まった。

「どうしたの、惣佑」

「……分かったぜ、咲」

「え！　何が分かったの？　もしかして本物のおはぎのこと!?」

「いや、それは俺には分からねぇ」

「えぇ……どっち？」

「だから、分からねぇんだよ。俺にも咲にも分からねぇ——それが、答えだ」

「……はぁ？」

意味不明すぎて、咲は思い切り顔を顰《しか》めた。

それと同時に、視界の隅で何やら黒い影が揺らめく。

「――咲さん？」

暗がりの向こう、街灯の下で穏やかな声がした。

思わずブランコから立ち上がって目を凝《こ》らすと、そこに見知った顔がある。

「久世さん⁉」

「やっぱり、咲さんだ。ちょっと散歩に出たら、聞き覚えのある声がしたから……」

街灯の下にいたのは久世だった。昼間と同じ黒い服を着て、咲のほうへ歩いてくる。

（待って。私、今ものすごく普通の声で惣佑と会話してた……）

外で惣佑と話す時はいつも携帯電話を耳に当てて電話しているふりをするのだが、今は公園内に誰もいなかったので油断してしまった。

しかも、どうやら久世は咲の声を聞いていたらしい。この状況はどう見ても、一人で大声で話す不審者である。

（どうしよう。何か言い訳を考えなきゃ……！）

そうこうしている間にも、久世との距離はさらに縮まる。

焦《あせ》る咲の前に、惣佑がふわりと立ちはだかった。まるで、久世と対峙《たいじ》するように。

「……おい、そこの九条ネギ」

声を発した惣佑の背中を見て、咲は目を見開く。

惣佑を挟んで向こうにいる久世も呆然と立ち尽くし、咲——いや、咲と久世の間にあるものを見つめている。

「九条ネギ。お前《めえ》……俺の姿が見えてんだろう？」

「ええぇぇぇっ⁉」

間抜けな叫び声を上げたのは咲だった。

前に出ようとしたが、惣佑がそれを後ろ手で制する。

「お前は俺が見えてる。声も聞こえてるはずだ。そうなんだろ、九条ネギ——久世穂積」

街灯の下で、惣佑と久世は微動だにせず向かい合う。

だがしばらくして、ふわふわの癖っ毛が微《かす》かに揺れた。久世が頷《うなず》いたのだ。

「うん。僕は、君の姿が見えてる」

「ええぇぇっ⁉」

またもや素《す》っ頓狂《とんきょう》な声を上げた咲を無視して、惣佑が言った。

「やっぱりな。『はま』って飯屋で会った時、久世……お前は俺のことを穴が開くほど見てた。そのあとも俺と咲がいるところを見ちゃあ驚いて、荷物を床にぶちまけたりしてただろ。俺を何度もじっと見てるしよ。さすがにおかしいと思ったぜ」

そう言われて、咲は思い出した。

久世は、時々咲のほうを凝視して凍り付いていることがある。しかも、何やら珍獣を見つめるような眼差《まなざ》しで……

（あれって、私のことを見てるんだと思ってた……）

だが、よく考えてみれば咲には見つめられる理由がない。

いっぽう、彼女ではなく空中を自在に飛び回る幽霊なら、大いに凝視する価値がありそうだ。何せ、滅多に見られないのだから……

「もう一つ妙だと思ったのは、お前《めぇ》が咲のことを初めから『咲』って呼んだことだ。あん時、咲はまだ名前を名乗ってなかった。その前に飯屋で会った時は、誰も咲のことを名前で呼んでねぇ。つまりあん時、お前はまだ咲の名前を知らねぇはずなんだ」

咲が久世と正式に自己紹介し合ったのは、大学でばったり出くわした時だ。その前に会ったのは『はま』で勇樹の誕生パーティーをした日である。

あの日は八重樫親子とヨシエが一緒だった。

ヨシエは咲を『さーちゃん』と愛称で呼ぶ。八重樫は『春野さん』、勇樹は確か『お姉ちゃん』と呼んでいた……

「ホントだ。誰も私のこと、名前で呼んでない……」

咲の独り言のような呟《つぶや》きに、惣佑が応える。

「そうだろ？　なのに、こいつぁは咲の名前を知ってた。俺が咲と呼ぶのを聞いてたんだ。違うか？」

問われて、久世は苦笑しながらべっ甲縁の眼鏡を押し上げた。

「……その通りだよ。『はま』にいた時も、学食で会った時も、僕は君たちが話をしてる声が聞こえてた」

「えぇぇぇ――っ！」

驚きすぎて、咲の声はもはや掠《かす》れ気味だ。惣佑は、落ち着き払ったまま久世と向き合う。

「これで決まりだと思ったのは、あのだだっ広い屋敷に行った時だ。久世、お前……俺の分まで茶を淹《い》れて持ってきただろ。あん時、はっきり分かったぜ。こいつぁ俺のことが見えてるってな」

確かに、久世はお茶を一つ余分に持ってきたことがある。千代乃に初めて会った時だ。

「えっ、あれ、間違ったんじゃなくて惣佑の分だったんですか⁉」

驚く咲に、久世は頷《うなず》いた。

「そうだよ。僕には咲さんだけでなく……惣佑くん、でいいのかな。惣佑くんの姿がはっきり見えていたし、声も聞こえてた。だから思わずお客さんの一人としてカウントしちゃったんだ」

「……そこまでちゃんと、惣佑のことを認識できてたんですね」

「初めはびっくりしたよ。どう見てもその……幽霊だったから。見えてるのは僕と咲さんだけみたいだし。……いつかちゃんと話を聞いてみようと思ってたけど、どういうふうに切り出したらいいか分からなかったんだ。まさか『いつも肩の上にいるの誰？』なんて訊《き》けないからね」

それでは怪談噺《ばなし》のオチになってしまう。

とにもかくにも、久世は惣佑のことが見えている。それは動かしがたい事実のようだ。

「ま、何はともあれ、俺ぁ話ができる奴が増えて嬉しいぜ！」

惣佑はひとまずそう話をまとめた。

それから、咲と久世に向かってニッと口角を上げる。

「っつうわけで二人とも、今から俺が話すことを聞いてくれっかい？　お前《めえ》らが二人で力を合わせりゃ――必ず本物のおはぎに辿《たど》り着《つ》く」

7

「──一体、これから何をしようっていうんだい」

千代乃が眉間《みけん》に皺《しわ》を寄せながら言った。

今日もすっと背を伸ばし、鶯色《うぐいすいろ》の渋い着物を優雅に着こなしている。

「お祖母《ばあ》ちゃん、とにかく座ってよ」

久世がすかさず座布団を差し出した。しかし、千代乃の眉間にはさらに深い谷間が刻まれる。

「まったく、どうかしてるよ。急にこんなところに呼び出すなんて……」

咲たちが今いるのは、丸蔵の家の六畳間。襖《ふすま》のすぐ向こうに『まんまる堂』の調理場がある、あの部屋である。

二十個のおはぎを突き返されたあの日から一週間後。咲と久世はこの丸蔵の家に千代乃を呼んだ。

今、小ぢんまりとした六畳間の中に、咲と久世と千代乃……そして千代乃には見えないが、惣佑がいる。

「千代乃さん、こんな狭いところですみません。さ、お茶が入りました。座ってください」

もう一人増えた。満月のような顔をした『まんまる堂』の主人、丸蔵だ。

千代乃は丸蔵に促《うなが》されてしぶしぶ座った。『こんなところ』などと言ってしまったのを聞かれたせいか、少し気まずそうな顔をしている。

座卓にお茶を並べ終わると、丸蔵は部屋を出ていった。

咲は久世の顔を見て、彼が頷《うなず》くのを待ってから襖《ふすま》を静かに開ける。

襖の向こうは調理場だ。床は和室より一段低いコンクリート敷きになっており、水場やガス台の他に、冷蔵庫や作業をするための台が並んでいる。

さすが店の調理場だけあって、普通の家の台所より格段に広い。

咲の目的は冷蔵庫だった。業務用の大きなものだ。中に入っていた小皿を取り出し、お盆に並べていく。

「お待たせしました、千代乃さん」

お盆を持って再び和室に戻ると、咲は千代乃の前に小皿と箸《はし》を置いた。残りの皿と箸も座卓に並べて、千代乃の向かい側に座っていた久世の隣に腰を下ろし、一つ深呼吸する。

「これが本物のおはぎです。どうぞ召し上がってください」

咲がそう言うと、千代乃はしばらく皿の上に視線を落とした。やがて、きりりと顔を上げる。

「……これは手作りだね。どうやって作ったんだい」

「作り方は普通のおはぎとほぼ同じです。ただ……餅米の代わりに里芋を使いました。

それは、里芋《さといも》のおはぎなんです」

普通におはぎを作る場合、餅米とうるち米を蒸して潰し、それを丸めてまわりに餡《あん》や黄粉《きなこ》をまぶす。

だが座卓に乗っているおはぎは、皮を剥《む》いた里芋とほんの少しの米を一緒に蒸し上げ、それをすり鉢で潰して餅の代わりにしたものだ。

「蒸し器を使うので、おこわ屋の丸蔵さんに相談したら、調理場ごと貸してくれると言ってくださったのでお借りしました。久世さ……穂積さんと一緒に作ったんです。どうぞ、召し上がってください」

咲はなおも促《うなが》したが、千代乃は皿を見つめたまま動こうとしない。

すると、今度は久世が穏やかな声で話し出した。

「お祖母《ばあ》ちゃん。その里芋のおはぎは、お祖母ちゃんが子供の頃、戦時中に食べた味を再現してあるんだ。疎開先の別荘で作ってもらったんだってね。……笠木善之助さんに」

笠木善之助。

その名前を聞いて、千代乃の顔に驚愕《きょうがく》の色が浮かんだ。

「僕らはそのおはぎの作り方を、善之助さんに聞きにいったんだ。それが、お祖母ちゃんの本物のおはぎだね」

座卓に並べたもの。それは、戦下の食糧不足の中で生まれた代用食である。

戦時中はあらゆる食べ物が不足した。真っ先になくなったのが砂糖やお菓子の類《たぐい》だ。だが、厳しい状況と分かっていても、おやつを食べたくなることがある。——特に、子供は。

咲は丸蔵の話を思い出しながら言った。

「善之助さんは台所に立つのが好きで、料理が得意で、戦争のさなかでも工夫しておやつを作っていたそうですね。そのおはぎは、疎開中に善之助さんが拵《こしら》えたものです。……千代乃さんや、丸蔵さんのお父さんのために」

どの店のおはぎとも違う、惣佑がいくら考えても分からなかった本物のおはぎ。

その答えを知っているのは善之助だけだった。

善之助が作ったおはぎは、材料も味も、普通のおはぎとは全く違う。いろいろな不足をかいくぐって生み出した、いわば偽物のおはぎだ。

だが、千代乃にとってはそれが本物だった。偽物こそが本物だったのだ。

「食べてよ、お祖母《ばあ》ちゃん。僕たちは善之助さんのレシピをちゃんと再現した。間違いないと思う」

善之助が鍵を握っていることに気が付いたのはもちろん惣佑だ。丸蔵の話を聞き、さらに江戸時代の飢饉《ききん》のことを思い出して、真相が見えたのだという。

咲と久世は、丸蔵を通じて善之助と連絡を取った。

既に会社の経営から退《しりぞ》いて自宅で過ごしていた善之助を直接訪ね、記憶を辿《たど》って作ってもらったレシピを手に入れたのは数日前だ。

そして今日、丸蔵の家の調理場を借りてそれを再現した。

善之助のレシピを見た惣佑がおおよそのコツを掴んで細《こま》かい指示を出し、咲と久世が協力して里芋のおはぎを作ったのだ。

「お祖母ちゃん、一口でもいいから、食べてくれないかな」

孫息子に促《うなが》されても、千代乃は困惑の表情を崩さなかった。咲と久世は途方に暮れて顔を見合わせる。

その時、重たい空気を割って、部屋の入り口から声が掛かった。

「食べてみてくれないか。――味なら、儂《わし》が保証する」

声の主の顔を確かめて、千代乃が目を見開く。

「……あなた……善之助さん！」

「久しぶりだなぁ、千代乃ちゃん」

部屋に入ってきたのは、グレーのスーツを着こなした痩躯《そうく》の老人――笠木善之助、その人だった。

若干右足を引きずっている善之助の肩を支えるようにして、丸蔵が付き添っている。

咲と久世は数日前、カサギエンジニアリングの創設者である善之助に会った。おはぎのレシピを教えてもらうためだ。その時と全く変わらない温和な眼差《まなざ》しで、善之助は千代乃を見つめる。

「変わらないね、千代乃ちゃんは。昔のまま、とても綺麗だ」

善之助の言葉に、千代乃の頬がさっと染まった。しかし、ぷいと横を向く。

「……今更何をしにきたんです。あなたはわたしを置いて、さっさと別の人と結婚して谷中から出ていったくせに」

「ああ、千代乃さん、それは違うんですよ……」

「いや、丸蔵くん、儂《わし》から話そう」

何かを言い掛けた丸蔵を遮《さえぎ》って、善之助は千代乃の傍《そば》に腰を下ろした。丸蔵も、入り口のあたりにちょんと座る。

「儂は昔、本気で千代乃ちゃんと結婚するつもりだった。会社の経営は親戚にでも譲って、久世家に婿《むこ》に入ってもいいとさえ思っていたんだ」

「そんなこと、本当かどうか。今なら何とでも言えるじゃないの。実際、あなたは他の人と結婚したんだし」

千代乃は相変わらず、善之助の顔を見ようとさえしない。

「ああ、千代乃ちゃんの言う通りだな。だが、信じてもらえんかもしれんが、儂は千代乃ちゃんと結婚する気でいたんだ。……会社の経営が、上手くいっていればな」

善之助にそこで一旦言葉を切り、目を伏せる。深い溜息のあと、話は続けられた。

「あの当時、うちはまだ『笠木工業』という小さな会社でな。戦前は別荘を持てるほど儲かっていたが、戦後はもう、どこかから融資を受けられなければ明日にでも潰れてしまうくらい行き詰まっていた。会社がなくなれば、家族だけでなく従業員たちも路頭に迷う。……有力な取引先から『娘をもらってほしい』と声が掛かったのはそんな時だった」

「じゃあ、善之助さんは従業員たちを救うために、結婚を……？」

尋ねたのは久世だ。善之助は頷《うなず》いた。

「結婚して身内になれば、取引先から破格の融資が受けられる。業務提携も実現する。そうすれば会社はしばらく安泰だと考えた。幸い亡き妻は儂の事情を理解してくれて、とても協力的だった。結果論になるが、業務提携で開発した部品が特許を取って、信じられないほど会社が大きくなったよ」

そこで、善之助の手が千代乃の手をそっと包んだ。

「千代乃ちゃん。結婚の約束を果たせなくて本当に済まなかった。許してほしいなんてことは言わない。……だが今は、とりあえずこのおはぎを食べないか」

みんなの視線が、座卓の上に注がれた。そこには、咲と久世が作ったおはぎが小皿に乗せられて並んでいる。

「千代乃ちゃんのお孫さんたちがせっかく作ってくれたんだ。本当は儂《わし》が自分で拵《こしら》えたかったんだが、去年脳梗塞《のうこうそく》の軽いのをやってしまってね。右半身が上手く使えない。それでも今日はお孫さんたちに頼んで、儂もここへ呼んでもらったんだ。千代乃ちゃんと一緒に、このおはぎが食べたくてね」

その言葉通り、今日この場に来ることを希望したのは善之助本人だ。数日前にレシピをもらいに行った時に、頭を下げて頼まれた。

「ああ……懐かしいなぁ、この不揃いな形」

善之助がそう言って目を細めると、千代乃も皿の上をしげしげと見つめた。

「……ええ、本当に。大きさもまちまち」

惣佑の指南は受けたものの、料理初心者の咲と、全くしたことのない久世ではどうしても綺麗な形のおはぎにならなかった。

里芋《さといも》でできた餅のまわりにまぶしてあるのは黄粉《きなこ》だが、つき方はまばらだし、おはぎ一つ一つの大きさもバラバラになってしまっている。

だが、おそらく善之助が作ったのも、このくらい不揃いだったはずだ。料理好きとはいえ、戦時中、彼はまだ子供だったのだから。

だからあえて不揃いのまま、咲は千代乃の前に出した。

「さ、みんなで食べましょうや。ね。坊ちゃん方も――部屋の入り口付近にいた丸蔵が、座卓の前まで移動してくる。

「いただきます」

久世が真っ先に手を合わせた。咲と丸蔵があとに続き、ほんの少し遅れて善之助と千代乃も箸《はし》を手にする。

全員が、しばし無言で咀嚼《そしゃく》した。探し続けていた本物の、、、おはぎを。

「不味《まず》いね」

誰もが言い出せなかったことを、真っ先に口にしたのは千代乃だ。

ストレートすぎる感想だが、異論は出ない。

里芋で作ったおはぎは、はっきり言って美味《おい》しくなかった。まず、全体的に甘みが足りない。少し不格好なのを除けばおはぎに見えないことはないのに、口に入れても甘くなく、まるで詐欺《さぎ》にでも遭《あ》ったような気持ちになってしまう。

当たり前と言えば当たり前だ。戦時中は砂糖が手に入りづらかった。この里芋のおはぎにも全く使っていない。素材の甘みだけではこれが限界だろう。

「善之助さんは、こんなものをわたしに食べさせたんだね」

そう苦笑する千代乃に向かって、咲は思わず口を挟んだ。

「でも、昔の善之助さんはこれを頑張って作ったんです。千代乃さんのために……！」

実際に作ってみて分かったが、とにかく里芋《さといも》を潰して餅にするまでが大変だった。蒸し上がった里芋をすり鉢に入れてすりこ木で潰していくのだが、これがなかなかなめらかにならず、少しやっただけで腕が痛くなってくる。結局、この工程はほとんど久世にやってもらった。

善之助がこのおはぎを作ったのは子供の頃だ。きっと、かなり苦労したと思われる。それでも諦めなかったのは、千代乃のためだ。

善之助は千代乃に喜んでほしくて、食糧不足の中、懸命におやつを作った……

「儂《わし》の母さんが購読してた婦人雑誌に、里芋を使ったおはぎの作り方が載っていたんだ。当時は婦人雑誌も戦争一色で、よくこうした代用食の作り方が紹介されていたよ。儂はそれに軽く手を加えてこのおはぎを作った」

善之助はそう言って、さらにもう一口、おはぎを噛み締めた。

千代乃もつられて一口食べる。

「本当に美味《おい》しくないね」

そっけなく吐き出された言葉だったが、それはどこか温かかった。痩《や》せた頬に、すっと一筋だけ、光るものが伝い落ちる。

「……だけど、この味だよ。これが本物のおはぎだ。わたしはこのおはぎが、大好きだった」

探し求めていた本物のおはぎ。ついに、辿《たど》り着《つ》いた。

千代乃の顔は、何かが吹っ切れたように晴れやかだ。おはぎの乗った皿を見つめて、ぽつぽつと話し出す。

「戦争が終わってしばらくして、わたしは婿《むこ》を取らされた。家の存続のためにね。まわりはとにかく久世家を守れと、そればかり。でも、わたしは家なんてどうでもよかった。むしろ、久世家に伝わる品なんてなくなればいいと思った。そうしたら、家の存続なんて誰も考えなくなるんじゃないかと思ってね」

だから、千代乃は封印していたのだ。苦しみのもとになっているものを。

「家から逃げ出せばよかったのかもしれない。自分が当主になった時点で、伝統の品なんてさっさと処分することもできたんだ。でも、わたしにはそんな勇気もなかった。結局、久世家にしがみついて生きるしかなかったのさ。だからああやって、蔵に一切《いっさい》合切《がっさい》閉じ込めて、葬《ほうむ》った気になってたんだよ。……今になって思えば、ただの自己満足だね。情けない」

「そんなことはないよ、千代乃ちゃん」

自嘲《じちょう》めいた千代乃の言葉に、善之助がやんわりと首を横に振る。

「千代乃ちゃんは立派だ。ちゃんと家を守り、息子さんを産んで育てた。今では孫もいる。自分の道をしっかり歩んだ証拠じゃないか」

「それはあの人……わたしの夫のおかげですよ。あの人はいい人だった。無理やり結婚させられたのはあの人も同じなのに、とても優しかった。だけど、わたしはひねくれてばかり……。あの人がずっと、久世家と伝統の品を守ってくれてたんだ。あの人が死んだら、どうしたらいいのか分からなくなってしまってね。余計ひねくれて、大事な品を隠すような真似をしたのさ」

「お祖母《ばあ》ちゃん……」

千代乃の口から夫――祖父のことを語られ、思うところがあったのか、久世が目を細める。祖母をいたわるみたいに。

善之助はそんな千代乃と久世を見て、柔らかく微笑《ほほえ》んだ。

「千代乃ちゃんが幸せに暮らしていたことは、孫――穂積くんを見れば分かる。こんなにお祖母ちゃん想いの孫はいないよ。そういうふうに育ったのは、千代乃ちゃんの功績だ。千代乃ちゃん……いい年の取り方をしたね」

「いやだねぇ。年を取ったのはお互いさまですよ、善之助さん」

年を重ねた二人は、計ったように同じタイミングで噴き出した。おそらく何十年も昔、そうやって笑い合っていたのだろう。

「穂積」

やがて、千代乃は久世に向き直る。

「はい、お祖母ちゃん」

「蔵に入っている先祖の品の管理は、今日からお前に任せる。だから、あの日記を他人に見せるかどうかはお前がお決め。……頼んだよ」

「はい」

久世はぱっと顔を輝かせて、大きく頷《うなず》いた。

咲もつられて笑顔になり、斜め上に浮かんでいる惣佑を見上げる。

（やったよ、惣佑！）

だが惣佑だけは、なぜか厳しい顔をして胸の前で固く両手を握っている。

その姿は、まるで何かを祈っているように見えた。

善之助ともっと話がしたいという千代乃を丸蔵の家に残し、咲たちは取り急ぎ久世家の蔵へ向かった。

例の日記は、久世の手で封印を解かれ、惣佑に渡される。

惣佑は今、広い庭に面した久世家の縁側で、古ぼけた紙の束と向かい合っていた。

咲と久世は少し離れたところでその様子を見守っている。自分ではページをめくれない惣佑のために、日記は該当の部分を広げた状態で軽く固定した。

（惣佑……大丈夫かな）

咲の位置からでは惣佑の背中が見えるだけで、彼がどんな表情をしているのか窺《うかが》うことはできない。

不安と焦《あせ》りが入り混じった言いようのない気持ちを抱えていると、隣に立っていた久世がふと口を開く。

「江戸時代の終わり頃、三崎坂のあたりで人が刀で斬られる事件が起きたんだ。あの日記には、そんなことが書かれてる」

「えっ、久世さん、あれを読んだんですか？　昔の字で書かれてましたけど……」

「さっき惣佑くんに渡す前に少し読んでみたんだ。僕は一応、江戸時代の文学を研究しているからね。惣佑くんについて書かれていたのは少しだけだし、くずし字でもなんとか理解できた」

「他には、どんなことが書かれていたんですか？」

そう訊《き》くと、久世は少し目を伏せた。

「嘉永六年六月、三崎坂で、夜五ツ半……今で言うと夜の九時くらいだね。そのくらいの時間に、刀を持った浪人が突然暴れて人を斬りつけた。そして、『夕日屋』という飯屋の主《あるじ》で、惣佑という人が命を落とした。……そう、書いてあったよ」

「そんな……。突然斬りつけただなんて……」

切なさと怒りとやるせなさで、咲の胸はきりきりと締め付けられた。

やはり惣佑は殺されていたのだ。しかも、揉《も》め事《ごと》の果てに起こった事件ではない。これはまるで、通り魔だ。

「おそらく辻斬りだと思う。辻斬りって分かるかな。武士や浪人が、突然町民を斬りつけることだよ。あの日記は一八五三年に書かれたものだ。もう幕末だから江戸の町も少し混乱していて、暴動や辻斬りが多かったんだ」

「犯人は……惣佑を斬った浪人はどうなったんですか⁉」

「それも書いてあった。物音を聞いて出てきた近所の人たちで取り押さえたけど……下手人である浪人は、その場で自分の腹を刀で突いて自害したそうだ」

「自害って……何で？　犯人は、どうしてそんなことをしたんですか……？」

「それは分からない。結局、刃傷沙汰《にんじょうざた》を起こした浪人の名前も書いてなかった」

「……そんな」

ひどい。ひどい。ひどい……

同じ言葉が咲の心の中をぐるぐる回る。

惣佑は突然命を奪われた。名前も分からない者に。しかもそれはもう起こってしまったことで、今更どうすることもできないのだ。

「少しだけ、記述が続いてたよ」

しばらくして、久世は再び口を開いた。咲は顔を上げ、無言で話の続きを促《うなが》す。

「惣佑くんは、浪人が振りかざす刀から同行していた女性を守ったんだ。惣佑くんが守ったおかげで、その人は無事だった」

「女の人を……守った」

「惣佑くんが守った人の名前は『夕《ゆう》』。夕日の『夕』だ」

「夕日の、夕……あっ！」

咲が小さく息を呑んだ時、目の前でふわりと紺色《こんいろ》の着物がはためいた。

「おう、待たせたな。もういいぜ」

庭先に立っていた咲たちのもとに、惣佑が飛んできた。

いつものように飄々《ひょうひょう》と笑みを浮かべている彼を、咲は黙って見つめる。

「おいおい咲、何だそのシケた面《つら》は。……その様子じゃ、日記になんて書かれてたか、分かってるみてぇだな」

「惣佑、あの……夕さんって、もしかして……お店の名前……」

それ以上、言葉が続かなかった。

夕。夕日――夕日屋。

惣佑がやっていた一膳飯屋の名前だ。

店の名前は、朝日では駄目だった。夕日でなければならなかったのだ。なぜなら――

「俺は幼馴染《おさななじみ》だったあいつ――お夕の名を、店の名前にした。初めて暖簾《のれん》を掛けた日、必ずこの店を守ると誓った。……夜道で刀が光るのを見た時もそうだ。やっぱり死ぬ気で腕の中にあるものを守ろうと思った。どっちも、俺にとっては大事だったからな」

惣佑はそう言って、自分の両腕を僅《わず》かに広げた。

そこにあった温《ぬく》もりを、確かめるように。

「俺ぁ一太刀《ひとたち》目で倒れちまった。あいつが無事だったかどうか、それが気掛かりだったのさ。けど……どうやら守れたみてぇだな。それが分かれば、もう十分だ」

「惣佑……！」

とうとう、咲の両方の目から涙が溢れた。言いたいことはたくさんあるのに、言葉の代わりに熱いものが頬を伝う。

惣佑は身をかがめるようにして、そんな咲と目線を合わせた。

「咲、何でお前《めえ》が泣くんだよ。お前と久世のおかげで、俺ぁ一番知りたかったことをこの目で確かめられたんだぜ。……ありがとよ。だから泣かねぇで、笑ってくんな」

「そんなの無理だよっ！　だって、惣佑は何も悪いことしてないのに……」

「咲……頼むから泣くな。俺ぁ涙を拭いてやることができねぇ」

惣佑の手が咲の頬に伸びてきた。だが、それはどこにも触れることなく、すり抜けていく。

彼の手は何にも触れられない。いくら望んでも、もう包丁を握ることはできないのだ。誰かを抱き締めることも……

「咲さん、これ、よかったら」

あとからあとから溢れ出す涙を咲が手で拭《ぬぐ》おうとすると、久世が静かにハンカチを差し出してきた。

「す、すみません」

柔らかく、少しいい匂いのするハンカチでしばらく目を押さえていると、不思議と涙が引っ込んでいく。

ついでに深呼吸をして、気持ちを落ち着かせた。ようやく泣きやんだ咲の顔を覗き込み、惣佑がニッと笑う。

「よし、もう泣くんじゃねぇよ。咲は笑ってるほうが可愛いぜ」

「な、何言ってんの！」

可愛いなどと唐突に言われ、咲の頬はカッと熱くなった。

「なぁ、久世。お前《めえ》も笑ってるほうがいい女だって思うだろ？」

「えっ？　僕？　ああ、うん。……まぁ」

急に話を振られた久世は大いに戸惑っているようだ。

これは赤くなっている場合ではない。いい加減惣佑を止めないと、ますます変なことを言い出しかねない。

「や、やめてよ。久世さんにまで変なこと言わな……えっ⁉」

ところが、最後まで言い終わらないうちに咲は思わず目を細めた。

(何これ、眩《まぶ》しい!)

目の前で、何かがすさまじい輝きを放っている。惣佑だ。——惣佑の身体が、発光している。

「こりゃ、一体……」

光の中心で、惣佑自身が呆然と呟《つぶや》く声が聞こえた。

「咲さん、この光は……」

咲の隣にいた久世も、顔の前に手をかざしている。

そうこうしている間にも、光はどんどん強くなった。しだいに惣佑の輪郭《りんかく》がぼんやりと滲《にじ》んでいく。まるで、光に溶け込んでいくみたいに。

(まさか、これって……!)

惣佑は大事な人の命を守れたかどうかが気掛かりだった。それはいわば、彼の強い未練だ。

だが、その件は無事に解決した。未練がなくなった幽霊の行きつく先は……

「惣佑！　待って」

咲はなんとか目を凝《こ》らし、光を放つ惣佑の身体に手を伸ばす。

惣佑の笑顔と、彼と作った料理が次々に脳裡《のうり》を通り過ぎていく。料理をしていない時の何気ない会話も……

どれも、咲にとっては大事な思い出だ。この数か月、彼と一緒に過ごして、かけがえのないものをたくさんもらった。

だが、それらが今、光の中に溶けて消えようとしている。まだ、お礼を言っていないのに……

「惣佑、待って！　私まだ、ちゃんとお礼も言ってな――って、あれ……？」

あれほど眩《まぶ》しかった光が急に消え、何事もなかったように視界が開けた。咲の叫びは、何とも中途半端な感じで終わる。

ゆっくりと瞬《まばた》きをして目の前の状況を確かめると……そこに長身の幽霊がふよふよと漂《ただよ》っていた。

「なんかすげぇ光だったな」

場違いに楽しそうな声に、飄々《ひょうひょう》とした表情。どこをどう見てもいつもの惣佑だ。

安堵《あんど》で、咲の身体から力が抜けていく。その隣では久世が「今のは何だったんだろう」と呟《つぶや》きつつ目をこすっていた。

「ちゃんとお別れできないうちに、成仏《じょうぶつ》しちゃうのかと思った」

咲がそう呟くと、惣佑は「ははっ」と笑う。

「いやー、実のところ、今なら成仏してもいいと思ったんだぜ。お夕の無事が分かったし、咲の料理の腕もずいぶんと上がったからよ。けど……一つやり残してたことを思い出しちまったんだ」

「やり残してたこと……？」

そこで彼は片方の口角をくいっと引き上げた。

「鯵《あじ》だよ、鯵。『鯵の南蛮漬け《なんばんづ》』に決まってんだろ！　作るって言ってたじゃねぇか。活きのいい鯵の南蛮漬けを咲に指南するまで、俺は成仏なんてしねぇぞ！」

「そ、そんなこと……!?」

咲はあんぐりと口を開けたまま立ち尽くす。惣佑はそんな彼女から目を離し、久世を見た。

「……おい、九条ネギ！」

「九条ネギ……って僕のこと？」

久世は困惑したように自分を指さす。

「九条ネギ、お前も一緒に作ろうぜ、鯵の南蛮漬け！　自分で作る飯は美味《うめ》ぇぞ。それに、女は包丁が握れる男に寄ってくる。覚えておいて損はねぇ」

「いや、あの……僕は――」

「よしよし、決まりだな。善は急げだ。今から材料の調達に行こうじゃねぇか」

完全に戸惑っている久世をよそに、惣佑はぶわーっと五メートルほど急上昇して、くるくると自由気ままに飛び始める。

「楽しそうな幽霊だなぁ」

咲の隣で、久世が微笑《ほほえ》みながら言った。

「そうですね」

咲も笑顔で頷《うなず》く。

それから、二人揃って惣佑の姿を目で追った。

七月がもうじき終わる。

ふよふよ漂《ただよ》う料理好きの幽霊の遥《はる》か上に、これから盛《さか》りを迎える夏の空が青々と横たわっていた。

了

祖父の実家である、銀山温泉の宿「花湯屋」で働くことになった、花野優香。大正ロマン溢れるその宿で待ち構えていたのは、なんと手のひらサイズの小鬼たち。驚く優香に衝撃の事実を告げたのは従業員兼、神の使いでもある圭史郎。彼いわく、ここは代々当主が、あやかしをもてなしてきた宿らしい!?　さらには「あやかし使い」末裔の若女将となることを頼まれて——訳ありのあやかしたちのために新米若女将が大奮闘!　心温まるお宿ファンタジー。

◉定価：本体640円+税　◉ISBN:978-4-434-26148-0

◉Illustrat on：乃希

古く寂れた喫茶店を実家に持つ鹿嶋美来《かしまみらい》は、ひょんなことから巨大な老猫を拾う。しかし、その猫はなんと人間の言葉を話せる猫の神様だった！ しかも元々美来が飼っていた黒猫も「実は自分は猫鬼《びょうき》だ」と喋り出し、仰天する羽目に。なんだかんだで化け猫二匹と暮らすことを決めた美来に、今度は父が実家の喫茶店を猫カフェにしたいと言い出した！ すると、猫神がさらに猫又《ねこまた》と仙狸《せんり》も呼び出し、化け猫一同でお客をおもてなしすることに——!?

◎定価：本体640円+税 ◎ISBN978-4-434-24670-8
●illustration:pon-marsh

猫神様や化け猫がキャストとして活躍する『ねこのふカフェ』は本日も絶賛営業中！ そんなある日、カフェの表向きの経営者である鹿嶋《かしま》家で、ボロボロの黒犬が保護される。犬が大嫌いな化け猫一同は猛反対するものの、結局、高級な餌などの交換条件に目が眩《くら》み、犬との同居を容認することに……しかし、事件はそれだけには収まらない。犬神にカフェを襲撃されたり、得意先のパティシエが行方不明になったりと、トラブルが立て込んで——!?

◎定価：本体640円+税　◎ISBN978-4-434-26386-6
●illustration:pon-marsh

あやかし蔵の管理人
朝比奈和《あさひな・なごむ》
1・2
居候先の古びた屋敷は
あやかし達の憩いの場!?
突然両親が海外に旅立ち、一人日本に残った高校生の小日向蒼真は、結月清人という作家のもとで居候をすることになった。結月の住む古びた屋敷に引越したその日の晩、蒼真はいきなり愛らしい小鬼と出会う。実は、結月邸の庭にはあやかしの世界に繋がる蔵があり、結月はそこの管理人だったのだ。その日を境に、蒼真の周りに集まりだした人懐こい妖怪達。だが不思議なことに、妖怪達は幼いころの蒼真のことをよく知っているようだった——
◎各定価：本体640円+税
◎Illustration：neyagi
あやかし蔵の管理人
朝比奈和
2
あやかしの世の夜祭り!

就職活動に連敗中の一ノ瀬小海は、商店街で偶然出会った茶トラの猫に導かれて小さな不動産屋に辿りつく。
怪しげな店構えを見ていると、不動産屋の店長がひょっこりと現れ、小海にぜひとも働いて欲しいと言う。しかも仕事内容は、管理するアパートに住みつく猫のお世話のみ。
胡散臭いと思いつつも好待遇に目が眩み、働くことを決意したものの……アパートの住人が、この世に未練を残した幽霊と発覚して!?
幽霊たちの最後の想いを届けるため、小海、東奔西走！

◎定価：本体640円＋税　◎ISBN978-4-434-25564-9　◎Illustration：げみ

この作品に対する皆様のご意見・ご感想をお待ちしております。

おハガキ・お手紙は以下の宛先にお送りください。

【宛先】

〒150-6005 東京都渋谷区恵比寿 4-20-3 恵比寿ｶﾞｰﾃﾞﾝﾌﾟﾚｲｽﾀﾜｰ 5F
（株）アルファポリス　書籍感想係

メールフォームでのご意見・ご感想は右のＱＲコードから、
あるいは以下のワードで検索をかけてください。

アルファポリス　書籍の感想　検索

ご感想はこちらから

アルファポリス文庫

谷中《やなか》・幽霊料理人《ゆうれいりょうりにん》　お江戸《えど》の料理《りょうり》、作《つく》ります！

相沢泉見（あいざわ いずみ）

2019年 10月 31日初版発行

編　集－黒倉あゆ子
編集長－太田鉄平
発行者－梶本雄介
発行所－株式会社アルファポリス
〒150-6005 東京都渋谷区恵比寿4-20-3 恵比寿ｶﾞｰﾃﾞﾝﾌﾟﾚｲｽﾀﾜｰ5F
TEL 03-6277-1601（営業）　03-6277-1602（編集）
URL https://www.alphapolis.co.jp/
発売元－株式会社星雲社
〒112-0005 東京都文京区水道1-3-30
TEL 03-3868-3275
装丁イラスト－庭春樹
装丁デザイン－AFTERGLOW
印刷－中央精版印刷株式会社

価格はカバーに表示されてあります。

落丁乱丁の場合はアルファポリスまでご連絡ください。

送料は小社負担でお取り替えします。


ISBN978-4-434-26545-7 C0193